Edition
CONVERSO

José Luis de Juan

Der Bienenleser

Aus dem Spanischen von

Silke Kleemann

Edition CONVERSO

Für meinen Vater

Die Bienen auf dem Kaisermantel sind für mich ebenso geheimnisvoll, wie sie es für Childerich in seiner Mottenkiste und für Napoleon selbst gewesen sein müssen, ebenso unverständlich wie die Rätsel des Salomon oder die Gleichnisse des Evangeliums. Wir können nur an der Hoffnung festhalten, daß wir eines Tages wissen werden, was die Bienen für das Geschick des großen Kaisers und unserer alten Welt bedeutet haben, die seit seinem Verschwinden stetig tiefer in die Finsternis hinabsinkt.

Léon Bloy

Das Märchen von N. kommt mir
gerade so vor wie die Offenbarung
des Johannes: Es fühlt ein jeder,
daß noch etwas drin steckt,
er weiß nur nicht was.

Johann Wolfgang von Goethe

1

Mein lieber Andrea,
Bonaparte hat gestern in Fontainebleau abgedankt. Mit dem Rücken zur Wand soll er versucht haben, mit gerade einmal zwanzigtausend Soldaten – vergeblich hatte er noch einmal so viele aus Italien angefordert –, auf Paris zu ziehen, wo ihn eine sichere Niederlage erwartet hätte. Die Generäle, allen voran MacDonald, haben ihm die nackten Zahlen vor Augen gehalten: eine halbe Million Männer standen gegen ihn.
Doch was jetzt zählt: Er hat Elba angenommen, im Gegenzug für alles andere, außer seinem Kaisertitel (Kaiser von Elba!), den zu verwenden ihm weiterhin gestattet ist. Er wird die Insel spätestens in einer Woche und noch vor diesem Brief erreichen, den ich dir heute mit Vittorini via Livorno schicke.
Wer hätte das gedacht! Über so viele Jahre

haben wir seine Schritte voller Hingabe mitverfolgt, und nun kommt er in unsere Reichweite. Besser gesagt, in deine und die unserer Kameraden, denn ich bin mittlerweile zu weit weg. Ich kann mir nicht vorstellen, dass Bonaparte es lange auf Elba aushält. Kaum einer will glauben, dass sein Ehrgeiz, der Welt zu dienen, nun erloschen sei. Wie sollte ein Mann von vierundvierzig Jahren, der Europa mehr als ein Jahrzehnt lang in Schach gehalten hat, die endgültige Niederlage hinnehmen? Nein, das hier ist ein taktischer Rückzug. Er hatte keine andere Wahl. Und Elba, das kannst du dir denken, war für ihn die am wenigsten schlechte Lösung von allem, was ansonsten noch im Gespräch war.

Duvadier zufolge ging es um St. Helena und Nordamerika, und damit hätte man ihn für immer vom Schauplatz seiner Siege, aus seinem grenzenlosen Reich verbannt.

Gewiss kann man ihn auf deiner Insel engmaschig überwachen: wer ihn besucht, welche Informationen er erhält, wie er sich auf der Insel bewegt. Doch wenn wir unsere Trümpfe geschickt ausspielen, kann er innerhalb weniger Stunden in Italien sein, um einen Aufstand anzuführen, oder nach einer

Tagesreise auf einem schnellen Schiff in den Häfen von Nizza oder Cannes einlaufen. Sein Aufenthalt auf Elba wird nicht von langer Dauer sein, da bin ich mir sicher. Wir müssen überlegt, aber rasch handeln.
Ich rechne fest damit, dich nächsten Monat in Pisa zu sehen. Bis dahin hast du bestimmt alle notwendigen Informationen beisammen, damit wir einen machbaren Plan schmieden können.

Anselmo

P. S. Vergiss nicht, mir von deinem Lavendelhonig mitzubringen, der Katarrh bringt mich noch um.

2

Der Nebel, der meistens die Umrisse von Monte Argentario verschleiert, hat sich aufgelöst. Die Festlandlinie zeichnet sich klar und deutlich ab, gesäumt von einem feinen weißen Rand. Castiglione ist ein winziger weißer Fleck, der eine bloße Erinnerung an Castiglione enthält.

Es ist Sonntag. Bonaparte trotzt der Augusthitze, indem er in Arbeit abtaucht. Er steht über die Karte einer Insel gebeugt, inmitten von Zirkeln, Linealen und Bleistiften, und zieht mit erhobener Hand Linien. Hier und da macht er eine Notiz, in gedrängter, nach rechts neigender Schrift. Gestern hat er beschlossen, die Honigproduktion auf der Insel, angefangen beim größten Bienenhof, gründlich zu inspizieren. So hat er es seinem Sekretär Méneval mitgeteilt; doch schon vor Wochen stand dieses Vorhaben für ihn fest. Er weiß, dass ihn nur rastlose Tätigkeit, eine ausgeklügelte Strategie gegen die sich ausbreitende Langeweile, auf Elba am Leben halten kann.

Nicht einen Tag lang hat er sich erlaubt, die tückischen

Wunden des Stolzes zu lecken. Er hätte bei all den Affronts verweilen können, die seine Feinde ihm zugefügt haben. Ganze Tage hätte er darauf verwenden können, den Hass zu ordnen, die Rache zu organisieren. War er etwa nicht gezwungen gewesen, sich als Kurier zu verkleiden und den Bock mit dem Kutscher zu teilen, um nicht an einer Wegkreuzung in der Provence vom Pöbel gesteinigt zu werden? Hatten sie ihn etwa nicht genötigt, seine Herrschaft über anderthalb Kontinente gegen die über eine winzige, vor dem toskanischen Festland gestrandete Insel einzutauschen?
Wenn die hoffen, dass er, durch den Schiffbruch seines Imperiums aus der Bahn geworfen, an den Stränden von Elba verrotten werde – diese Genugtuung wird er ihnen nicht geben. Er ist kein Robinson Crusoe auf einer verlassenen Insel, der beim Anblick von Spuren menschlichen Lebens im Schlick erstarrt. Und doch geht er seine Einsamkeit auf der Insel mit ähnlichem Kalkül und ebenso pragmatisch an wie ein Robinson Crusoe, als gelte es, den Rest seines Lebens dort zu verbringen. Er verspürt sogar den Wunsch, sich unters Volk zu mischen.
Am Nachmittag lässt er das Kartenspiel mit den Damen aus. Die genaue Standortbestimmung der Bienenstöcke auf der Landkarte hält ihn den Großteil des Tages beschäftigt. Ein Unwohlsein vorgebend, entzieht er sich dem obligatorischen Unterhaltungsprogramm in der Villa dei Mulini. Das sommerliche Hofleben erscheint ihm in der drückenden Augustschwüle grotesker denn je. Wie

immer nimmt er ein leichtes Abendessen zu sich, trinkt zwei Gläser eines einheimischen aschgrauen Weins, und nachdem er mehrere häusliche Angelegenheiten peinlich genau und umso ungeduldiger erledigt hat, zieht er sich in seine Gemächer zurück.

Die letzten Lichtstrahlen der Abenddämmerung fallen durch das Fenster des Vorzimmers. Schweißperlen stehen ihm auf der Stirn. Keine Brise weht mehr. Der Kaiser blickt aufs Meer, das sich jetzt in Richtung Korsika kräuselt.

An einer Seitentüre, eingelassen in die mit indigoblauer Seide bespannte Wand, macht sich ein Diener bemerkbar. Er hilft ihm, die Stiefel auszuziehen und den grünen Gehrock aufzuknöpfen. Bonaparte übergibt ihm den blankpolierten Degen und erfrischt sich das Gesicht über einer tönernen Waschschüssel. Während er sich trocken reibt, dreht er sich in Hemdsärmeln zu seinem englischen Schreibtisch um, wo drei am Vortag eingetroffene Bücher sowie stapelweise Akten, Briefe und Memoranden auf ihn warten. Bis auf die neuen Bücher schiebt er alles mit energischer Hand zusammen und packt es ganz hinten in eine Schublade. Er setzt sich und greift nach dem ersten Buch, »Vie des abeilles africaines«, von Gaston de Fresnais, und studiert das detaillierte Inhaltsverzeichnis, hält beim Kapitel 7 inne:

> »Tötung der Drohnen — Neuordnung des
> Bienenstocks — Herrschaft der jungen

> Königinnen — Entstehung der Königin — Nachfolge der Königin — Rückkehr zur Arbeit.«

Er schlägt Seite 137 auf. Liest reglos und ohne aufzublicken eine ganze Stunde lang.
Die sirrenden Mücken künden die Dunkelheit an. Sie umschwirren den Kaiser, ziehen ihre Bahnen und Kreise, rühren ihn jedoch nicht an. Sein Blut scheint ihnen nicht zu schmecken; noch nie wurde er von Mücken gestochen. Von Bienen auch nicht.
Der volle Mond zeigt sich am Himmel.
Bonaparte denkt an die Nächte von Ajaccio. Nicht an eine bestimmte, vielmehr an das Himmelslicht und die Geräusche der frühen Morgenstunden. Er denkt, dass alle seine Nächte – die von Paris, die in den Palästen von Mailand, Wien und Berlin, aber auch die zahlreichen Nächte vor den Schlachten, wenn er in seiner Schlaflosigkeit den Sieg erdachte – sich auf jede beliebige seiner korsischen Nächte zurückführen lassen, auf die im Dunkeln lauernden Vorahnungen. Und diese Sommertage auf Elba, hatten die nicht etwas vom Geheimnis jener glimmenden Tage seiner Kindheit, wenn alle Mittagsschlaf hielten, oder zumindest so taten, während sie es in den Heuschobern miteinander trieben, und er, berauscht von den Rosen und Margeriten und dem Frühlingsenzian, hinter den Myrtensträuchern darauf lauerte, dass die Bienen für ein paar Sekunden aufhörten zu summen und sich am Nek-

tar labten; diesen Moment nutzte er dann, um sie mit seinem Tüllnetz zu fangen und in Glasgefäße zu sperren, wo sie benommen in dem Wissen starben, dass sie niemals mehr in ihren Bienenstock zurückkehren würden.

Die Tage von Ajaccio und die Nächte von Ajaccio. Aber auch alles andere war geschehen. Nein, er, Bonaparte, wird sich nicht dem Wahnsinn hingeben, zu dem einige glauben, ihn verurteilt zu haben. Fortuna hält für ihn noch einige Karten bereit. Er hat ein Bild von sich vor Augen: Eine Biene, die sich aus dem Tüll löst und gen Sonne flieht, als wäre sie nie gefangen worden.

Er nimmt das zweite Buch zur Hand »Manuel de l'Apiculteur à la Campagne«. Es kommt frisch aus der Druckerei von Dechambres, es riecht noch nach Druckerschwärze. Wunderschöne Abbildungen. Die überraschende Innenansicht eines Bienenstocks im Längsschnitt bis in alle Einzelheiten. Wie sie das wohl hinbekommen haben? Und diese neuen Masken aus Kupferdraht, so praktisch und so sicher.

Die Aufstellung der Bienenstöcke befriedigt ihn nicht – Holzhäuschen wie Kuckucksuhren ohne Verzierung –, in pyramidenförmig wachsender Anordnung, jeder neuen Reihe entspricht eine zusätzliche Beute, wie die Abbildung Nr. 35 illustriert (»La disposition pyramidale«). Er zieht die traditionelle Anordnung im Halbkreis vor, denn seiner Meinung nach spart sie Zeit und Platz und erlaubt es dem Imker, sich beim Einsammeln der Rahmen

mit dem kristallisierten Honig im Uhrzeigersinn anstatt im unbequemen Zickzack zu bewegen, mit dem damit verbundenen Risiko, die Zargen umzustoßen.
Er verweilt auf den letzten Seiten bei der Zusammenfassung der neuesten Untersuchungen über den Orientierungssinn der Bienen. Ein Naturforscher aus Rouen schaffte ein Volk von einem Hof zu einem drei Meilen entfernten anderen, wo bereits Hunderte von Bienenstöcken standen. Achtundvierzig Stunden, nachdem er die Bienen auf dem zweiten Hof freigesetzt hatte, stellte er fest, dass mindestens siebzig Prozent der Arbeiterinnen – zur Wiedererkennung karminrot markiert – in ihren Ursprungsstock zurückgekehrt waren; ihre Pollenkörbchen randvoll, denn unterwegs hatten sie dem Ruf der blühenden Felder unmöglich widerstehen können.
Kurzum, ein gutes Handbuch für Bienenhalter, das er sich später noch einmal vornehmen will.

Bonaparte gähnt. Das dritte Buch, »Bees in the Ancient World. Roman Epigrams about bees« bleibt ungeöffnet auf seinem englischen Schreibtisch liegen.

3

Am Vortag, einem Samstag, war ein Lakai im Haus von Andrea Pasolini vorstellig geworden und hatte ihm verkündet, dass der Kaiser ihn am Montagmorgen um sechs Uhr dreißig zu besuchen beabsichtige und fest mit ihm rechne, um die Bienenvölker von Elba kennenzulernen.
— Wer ist dieser Pasolini, Majestät?, hatte Méneval zu fragen gewagt, als er den Namen des Imkers zum ersten Mal hörte.
Bonaparte hatte erwidert, dass er diese Antwort eben gerade von ihm erwarte.
Folgender Bericht, abgefasst in Ménevals präzisem, zuweilen ausschweifendem Stil, gibt also wieder, was der Kaiser von Elba dank der Auskünfte seiner diskret auf der Insel ausgeschwärmten Spione über den Imker Pasolini in Erfahrung gebracht hat:

> Nachkomme von Bauern aus der Maremma,
> die auf der Flucht vor der Malaria vor über
> hundert Jahren auf die Insel übergesiedelt

sind. Pasolini führt den von seinem Vater gegründeten Bienenhof weiter. Ein Erbe, das er nicht hat ausschlagen können. Anfangs fand die Honigernte im Wechsel mit anderen Landarbeiten statt, doch inzwischen nehmen die Bienenstöcke fast seine gesamte Zeit in Anspruch. Der Honig von Elba genoss ab 1750, als ein Arzt aus Grosseto ihm heilende Wirkung zuschrieb, einen immer größeren Ruf. Schließlich wurde er zu einem guten Geschäft. Besser als der Bergbau, der Wein und der Anbau verschiedener Hülsenfrüchte, neben dem Fischfang die jahrhundertealten Erwerbstätigkeiten auf der Insel, und selbstredend weniger mühevoll als letzterer. Dank dem Honig, den sie auf das italienische Festland exportierten, brachte es die Familie Pasolini zu beträchtlichem Wohlstand. Der Vater erwarb mehrere Grundstücke auf der Insel und baute das Geschäft aus. Ohne weiteres hätte er sich das Honigmonopol für ganz Elba sichern können, hätte eine Lähmung ihn nicht zwei Jahre lang ans Bett gefesselt, die schließlich zu seinem Tode geführt hat.
Der Lebensweg von Andrea Pasolini blieb mit den Bienen verbunden. Zwischen zwei Schwestern geboren, war er ein stiller Junge, ein unermüdlicher Beobachter, der in Gedanken

immer anderswo zu sein schien. Seine Neugierde, was es wohl mit dem Summen im Bienenstock auf sich hatte, verflüchtigte sich bald wieder. Nun faszinierten ihn die Lektionen und Geschichten des Dorfpfarrers und die seltsamen Worte aus dessen Mund. Und Padre Anselmo, der in den wachen Augen des Jungen das Aufschimmern einer außergewöhnlichen Intelligenz erkannte, machte ihn mit zwölf Jahren zu seinem Schüler. Wer weiß, wohin Andrea Pasolini es noch gebracht hätte, wenn ihm durch den Tod des Vaters nicht das Schicksal eines Imker beschert worden wäre.

Die sieben Jahre, die er unter der Obhut von Padre Anselmo verbrachte, sollten reiche Früchte tragen. Der Pfarrer lehrte ihn Latein und Griechisch. Und er lernte das Französische, zumindest das schriftliche, das als die kultiviertere Sprache vor dem Italienischen galt, welches auf der Insel mit toskanischem Akzent gesprochen wurde. Padre Anselmo war kein gewöhnlicher Priester. Seine Lektüren hätten jeden Provinzkaplan empört.

Wie unser Kaiser heute, war auch der Priester nach Elba verbannt worden; sein übermäßiger Wissens- und Tatendrang hatte den Bischof veranlasst, ihn aus der Diözese von Siena zu

entfernen. Dank ihm lernte Pasolini die römischen und griechischen Klassiker lieben. Er las Apuleius und Platon, Terenz und Aristoteles. Von Voltaire und Diderot war er überwältigt; er gab sich den scharfsinnigen Gedankengängen von Montaigne und den befreienden Ideen Rousseaus hin; er ließ sich von der maßvollen Ekstase Pascals rühren. Er verschlang die Bücher, in fiebriger Begeisterung.
Eine Nachbarin wusste zu berichten, dass es ihm mit achtzehn Jahren offenbar größte Befriedigung bereitete, sich einen ganzen Tag lang vom Hof davonzustehlen. Ein Bündel mit Büchern auf dem Rücken machte er sich auf den Weg zur höchsten Erhebung der Insel, den Monte Capanne, und las dort stundenlang, an den Stamm eines Feigenbaums gelehnt, über den die Ameisen krabbelten. Manchmal überraschte ihn die Nacht, dann musste er in einer Höhle schlafen. Von diesen Ausflügen kehrte er mit entrücktem Blick und einem Tick um die Lippen zurück, über die unablässig auf Französisch und Latein gemurmelte Sätze kamen.

Der Bericht endet mit einer Statistik über die Honigproduktion auf dem Hof von Pasolini im Vergleich mit der seiner Konkurrenten auf der Insel.

Bonaparte aber weiß nicht, dass der heutige Imker seinerzeit, als sein Vater sich noch um die Bienen kümmerte und er selbst ganz in seinen Studien aufging, das Schreiben für sich entdeckt hatte. Anfangs kopierte er Abschnitte aus Büchern, später schrieb er sie aus dem Gedächtnis nach, variierte dabei gewisse Formulierungen und fügte eigene Beispiele hinzu. Bis er zu einem eigenen und eigenwilligen, lebendigen Stil fand. Im Alter von etwa dreiundzwanzig schrieb er – unter der Last der ihm zugefallenen neuen Verpflichtungen und weil seine Zeit tagsüber äußerst knapp bemessen war – des Nachts kurz und pointiert nach Art von La Rochefoucauld. Seine Schreibweise blieb unmittelbar und modern, neigte kaum zur Rhetorik, was ein Verdienst war, wenn man bedenkt, dass seine Bildung von der Kanzel kam.

Er schrieb über das, was er erlebte und was er empfand, aber auch darüber, was andere erlebten und was diese vermeintlich empfanden: Nur im Spiegel der Anderen, so glaubte er, drückt sich das eigene Leben in der Welt aus. Mit der Zeit machten die verdichteten Beobachtungen dessen, was anderen Menschen widerfuhr, Platz für ebenso dichte Beobachtungen dessen, was mit seinen Bienen geschah. Sie und ihr geschäftiges Treiben zogen seinen aphoristischen Eifer auf sich, bis sie fast zum Mittelpunkt seiner Betrachtungen wurden.

Blättert man zum Beispiel Pasolinis Hefte von 1805 durch und vergleicht sie mit denen von 1790, fällt auf, dass der zuvor weitschweifige und emphatische Schreibstil an Überhang verliert: die Wörter werden kürzer, die Sätze sind gewollt knapp gehalten. Und insbesondere in den Heften nach 1812 finden sich zuweilen ganze Seiten voll rätselhafter Sätze mit unbekanntem Subjekt, wie diese hier:

Sie kommen und gehen, verweigern sich der Er-
fahrung des allgegenwärtigen Schreckens.
In den Momenten ohne Zeit kennen sie
kein Erbarmen. Halten sich für
einzigartig und unsterblich.
Der Genuss schmerzt
sie. Sie übertrei-
ben. Sau-
gen.

4

Wenn Andrea Pasolini auch ein Eigenbrötler und Einzelgänger ist, bemüht er sich doch, dem Ruf eines Sonderlings, der unweigerlich die Aufmerksamkeit der Leute auf sich zieht, nicht noch mehr Nahrung zu geben.
In seinem Bestreben, nicht aufzufallen, hat er getan, was von ihm erwartet wurde; anders gesagt, das Mindestmaß, das von ihm erwartet wurde. Er hat geheiratet und Kinder bekommen. Und er hat den geerbten Gutshof erhalten, ohne jeden Ehrgeiz, ihn weiter auszubauen. Der Honigherstellung widmet er sich mit geringem Elan und voller Skepsis; er hat die unumgänglichen Veränderungen im Blick, jedoch ohne jeglichen kaufmännischen Biss. Während andere danach trachten, Märkte zu erweitern und neue Produkte anzubieten, hält er sich an die Methoden seines Vaters, weniger aus Verbundenheit mit der Tradition denn aus Trägheit. Das unternehmerische Fieber, das manch andere Imker erfasst, erscheint ihm ordinär und sinnlos. Seit mehreren Jahren hat er eine Geliebte in Grosseto, wohin seine Geschäfte ihn

mindestens einmal pro Monat führen. Dort versorgt ein Buchhändler ihn mit seinem wahren Lebenselixir.
Pasolini liest und schreibt in der Nacht. Seine Bücher und Hefte verwahrt er in einem Kellerraum, zu dem nur er den Schlüssel besitzt. Im Lauf der Jahre hat er diesen Raum weiter ausgeschachtet, um Platz für immer neue Bücher und Flugschriften zu schaffen, da die vorhandenen das Gewölbe schon bis zum Rand füllten. Niemand weiß um die Existenz seiner geheimen Bibliothek.
Seine Obsession, sich unsichtbar zu machen, könnte man für ein wenig wunderlich halten. Wenn seine Frau ihn an manchen Abenden, die Nase dicht an die Kerze gedrückt, beim Lesen ertappt, behauptet er, er könne nicht schlafen und habe die Psalmen an einer zufälligen Stelle aufgeschlagen, um wieder in den Schlaf zu finden. Nichts im Haus kann ihn verraten. Dem Anschein nach gibt es dort alles, was sich in jeder anderen elbanischen Wohnstätte ebenfalls antreffen lässt, zusätzlich aber noch einige wenige lateinische Bände, aneinandergereiht auf einem Regalbrett in der Schlafkammer, welche ihm sein Mentor, der Pfarrer, anvertraut hatte, bevor er die Insel verließ.
Der Imker spricht wenig. Seine Frau klagt, man müsse ihm jedes Wort aus der Nase ziehen. In seiner Jugend dagegen führte er angeregte Gespräche mit seinem Lehrer, und einige der Floskeln von damals sind bei ihm hängen geblieben, wie auch ein gewisser Tonfall zwischen persuasorisch und mahnend. Bei seinen Ausflügen auf

den Monte Capanne hatte er Gefallen daran gefunden, seine Lieblingsverse auswendig zu lernen und sie laut zu deklamieren. Heute spricht er nur mehr noch das Nötigste und beendet seine Sätze nur selten. Es gibt da einen Punkt, an dem er ihrer müde wird, als merkte er mit einem Mal, dass sie keinen Sinn ergeben. Gelegentlich hat seine Stimme dann einen hohlen Nachhall und klingt wie das Geplapper eines Bauchredners.
Eines Bauchredners, der um die geheime Beziehung zwischen Bonaparte und den Bienen weiß, seit ihm einmal die Chronik der Schlacht bei Marengo aus der Feder eines unbekannten Dragonerhauptmanns in die Hände gefallen ist. Darin steht, dass Napoleon seine Generäle überraschte, als er einen am Vorabend befohlenen Angriff wieder abblasen ließ, nachdem er im ersten Morgenlicht einen riesigen, vom Ast einer Eiche hängenden Bienenschwarm eingehend beobachtet hatte.

5

Vor drei Monaten ist der Korse auf Elba eingetroffen. Noch bevor er an Land ging, wurde auf dem höchsten Punkt der Festungsanlage die Fahne gehisst, die er auf der Überfahrt von Marseille her selbst entworfen hatte. Ein roter Streifen durchschneidet diagonal von links oben den weißen Grund. Darauf sind drei goldene Bienen gestickt.

Seit der Ankündigung der baldigen Ankunft des Kaisers ist die Insel in Aufruhr. Die Elbaner sind überwältigt, dass der Mann, der das Schicksal ganz Europas für eine so lange Zeit lenkte, es hingenommen hat, allein über ihre kleinen Leben zu regieren. Anfangs glaubten sie, Bonaparte würde sich beschämt in dieser notdürftigen Unterkunft aus ehemaligen Mühlen, Scheunen und kalkweißen Wänden verstecken. Sie dachten, er würde ihnen hochmütig den Rücken kehren, die Einfachheit ihrer Insel verachten und die läppische Regierung Elbas einem Statthalter überlassen. Sie malten sich aus, wie die Isolation seinen despotischen Charakter noch verstärkte

und er schließlich, falls er nicht an seinem Zorn zugrunde ginge, zu einem wildernden Schatten werden würde, der im letzten Sonnenschein über die Bergrücken der Insel galoppierte.
Keine dieser Erwartungen bestätigte sich. Weit gefehlt: Bonaparte ließ die Angelegenheiten seines neuen Herrschaftsgebiets keineswegs außer Acht, sondern nahm sich ihrer unverzüglich an. Am vierten Mai war er um sechs Uhr nachmittags an Land gegangen, und bereits am folgenden Tag, einem Donnerstag, stieg er, nachdem er die Obrigkeiten und Notabeln empfangen hatte, auf sein Pferd, ritt die Befestigungsanlagen von Porto Ferraio ab und kehrte erst nach Sonnenuntergang zum Essen zurück. Am sechsten Mai stand er sehr früh auf und inspizierte zu Fuß Festungen und Lager. Am siebten fuhr er mit dem Boot durch den Hafen und besuchte die Bergwerke. Am achten Mai, kaum tagte es, war er schon auf dem Weg zu den wichtigsten zivilen Gebäuden und Straßen im Zentrum der Stadt. Und so ging es jeden Tag weiter. Er versetzte alle in Erstaunen – selbst seine treuesten Gefolgsleute, die ihn in die Verbannung begleitet hatten und womöglich auf eine baldige Rückkehr zum gewohnten prunkvollen Leben hofften –, und konzentrierte sich mit derselben Hingabe und Genauigkeit auf die Herrschaft über die Insel wie zu den Zeiten, als er noch sechzig Millionen Untertanen gehabt hatte.
Nun breitet sich die napoleonische Bürokratie auf Elba aus. Der Kaiser hat für seine Garde aus siebenhundert

Mann, mit siebenundzwanzig Pferden sowie Maultieren und sechzehn Wagen, ein Büro für militärische Angelegenheiten und einen Kriegsetat eingerichtet, den er ebenso gewissenhaft kontrolliert wie die Bücher der Grande Armée. Und in den zivilen Fragen zeigt er sich nicht weniger gewissenhaft: Anstelle gigantischer Bauvorhaben, wie er sie früher in Auftrag gegeben hat, kümmert er sich nun darum, dass die Brücken ausgebessert und die Straßen regelmäßig gereinigt werden. Weil er nun über keine herrschaftlichen Schlösser mit riesigen Grünanlagen und ausgeklügelten Gärten mehr verfügt, tröstet er sich mit der Ernennung von Wachen, die die Landgüter vor Schäden durch grasende Ziegen bewahren sollen. Da es in seiner Residenz, der Villa dei Mulini – vom kaiserlichen Gefolge Palazzina genannt – an Mobiliar mangelt, hat er Sessel und Sofas zu vernünftigen Preisen ausgewählt und schickt um Einkäufe im Wert von eintausend Francs nach Pisa.

An einem Nachmittag seiner ersten Woche auf der Insel ruft Bonaparte die Amtsträger von Elba zusammen. Er verlangt die Anwesenheit des Unterpräfekten, des Marinekommissars, des Grundbuchführers, des Kriegskommissars, des Steuereintreibers und weiterer Personen, so heißt es in dem Einladungsschreiben, die ihm nützliche Auskünfte über den Verwaltungsstand auf der Insel liefern können, vom Zoll bis zu den Gesundheits- und Seebehörden.

Alle nehmen um den langgezogenen Tisch aus Kastanienholz Platz, nach einer knappen Verbeugung vor dem Mann, der mit finsterem, durchdringendem Blick den Vorsitz hat und der durch die geschlossenen Fenster fallenden Nachmittagssonne den Rücken zukehrt. Es ist ein paar Tage her, dass der Korse unter Aufsicht des britischen Kommissars Oberst Neil Campbell, welcher ihn mit seiner Fregatte zur Insel eskortierte, Elba in Besitz genommen hat.

— Herr Gouverneur, hören wir Ihren Bericht über den allgemeinen Zustand der Insel.

Ein hagerer, gichtkrummer Mann rückt sich leicht zitternd die Brille zurecht und hebt mit einer umständlichen Schilderung seiner bescheidenen Erfolge im Amt und der seiner Meinung nach anstehenden Aufgaben an.

— Das genügt, fällt Bonaparte ihm ins Wort, als der Gouverneur sich in endlose Lobhudeleien verstrickt.

Als Nächstes spricht der Steuereintreiber:

— Mit Verlaub, Eure Majestät, das laufende Jahr entwickelt sich schlecht. Eines der schlechtesten seit Jahrzehnten. Wir hatten schwere Unwetter, Seuchen und schreckliche Unfälle in den Minen.

— Minen?

Bonaparte starrt ihn finster an, er ist in Gedanken ganz woanders. Der Steuereintreiber hält seinem Blick mit gespielter Ergebenheit stand.

— Ach so, ja, die Eisenerzminen. Sprecht weiter.

— Ein Hagelsturm hat die Märzernte vernichtet und Schäden im empfindlichsten Stadium des Anbaus ver-

ursacht und so auch die ersten Knospen der Obstbäume zerschlagen. Anschließend sorgten sechs Tage Regen für Überschwemmungen, gefolgt von einer noch nie dagewesenen Dürre seit nunmehr anderthalb Monaten. Wenn vor dem Sommer kein Regen fällt, wird es kaum Hülsenfrüchte geben und auch keine Kartoffeln, dann müssen wir Gemüse und Obst aus Neapel und Weizen aus Caltanissetta holen.
Ein unzufriedenes Murmeln geht um den Tisch.
— Und Honig? Wird es Honig geben?
Bonaparte wirkt besorgt. Der Steuereintreiber zögert. Er blickt zum Unterpräfekten, aber der Grundbuchführer ergreift das Wort.
— Ich fürchte, Eure Majestät, dass die Imkereiwirtschaft auf Elba in diesem Jahr einen herben Rückschlag erfahren wird. Es ist Frühling, und man braucht sich nur die Felder anzusehen, wie öde sie um diese Zeit daliegen …
— Und die Johannisbrotbäume haben noch nicht geblüht, ertönt eine zarte Stimme.
— Kommt darauf an, fährt ein stattlicher Mann in Marineuniform und mit breitem Schnurrbart dazwischen, als wäre das Stimmlein gar nicht zu hören gewesen.
— Worauf genau kommt es an, Herr Marinekommissar?
— Auf die Winde, Eure Majestät. Wenn die Insel in den nächsten zwei Monaten vom Scirocco verschont bleibt, werden uns die feuchten Winde aus den Alpen und den Sumpfgebieten von Venedig Frische und neue Pollen bringen. Dann käme die Blüte spät, wäre aber ausreichend.

Bonaparte erhebt sich und schreitet durch den Saal, den Blick auf den Boden geheftet, als wäre er plötzlich ganz für sich allein.
Er denkt an die Bienen. Was mag passieren, wenn der Juni kommt und Legionen von Sammlerinnen die Stöcke verlassen, begierig, ihre Aufgabe zu erfüllen, und nur ganz wenige, obendrein kraft- und saftlose Blüten vorfinden, in die sie ihre langen Rüssel tauchen können? Eine Rebellion mit schwerwiegenden Folgen würde ausbrechen. Larven, Puppen, Drohnen, Arbeiterinnen und Königinnen würden zu Tausenden, ja Hunderttausenden sterben. Dezimiert wie seine Truppen zwischen Smolensk und der Moskwa. Wie nur hatte er nicht voraussehen können, dass das Gras der russischen Steppen zu grün für die Pferde aus Schlesien war und es in Kowno nicht genug Mühlen gab, um das Korn für die Truppe zu mahlen?
— Es gibt selten Unruhen auf Elba. Von Zeit zu Zeit geringfügige Diebstähle. Hühner, Arbeitsgerät, Mandeln.
Der Polizeipräfekt hat eine Handbewegung des Kaisers als Aufforderung zum Weitersprechen gedeutet. Erleichtert atmen die übrigen auf, das Schweigen lastet schon unangenehm.
— Manchmal suchen betrunkene Seeleute, meist Engländer, am Kai von Porto Ferraio Streit, aber meine Agenten reichen aus, um die Ordnung aufrecht zu erhalten.
Bonaparte war aufgestanden, um aus dem Fenster zu schauen, und macht jetzt abrupt kehrt, mit drei großen

Schritten ist er bei seinem Sessel. Er stützt sich auf dem Tisch ab, und sein strenger Blick schweift über die Gesichter der eingeschüchterten Runde, als wolle er jeden einzeln durchleuchten und erfassen.
— Sorgen Sie dafür, dass wir in diesem Jahr Honig im Überfluss haben.

6

Pasolini ringt mit sich. Er sehnt Bonapartes Besuch herbei und zugleich fürchtet er ihn. Er weiß, dass sich des Kaisers Begeisterung für administrative Belange in den drei Monaten seit seiner Ankunft erschöpft hat. Jetzt hat er mehr als genug Zeit, um sich anspruchsvolleren Fragen zu widmen, wie zum Beispiel den Nachrichten aus Paris, St. Petersburg oder Wien, Zeit, um seine daraus folgende Situation einzuschätzen, Strategien zu entwerfen, Pläne zu schmieden, Briefe zu schreiben und zu beantworten.
Auch wenn der Kaiser das nicht weiß, ihm bleiben noch sechs Monate bis zum neuerlichen Aufbruch von Elba. Wenn es jemals in seinem Leben eine Phase gegeben hat, in der es ihm möglich war zu entspannen, ein paar Stunden des Tages mit Tätigkeiten zu vergeuden, die nichts mit seiner erstaunlichen Berufung zum Staatsmann zu tun hatten, dann in jenem Sommer auf Elba.
Aber entfernt der Besuch bei den Bienenstöcken ihn tatsächlich von seiner Arbeit als Stratege?

Andrea Pasolini erinnert sich an die Bienentraube von Marengo. Er stellt sich die Tausenden kampfeslustiger Soldaten vor, wie sie auf das Startsignal für die endgültige Offensive warteten, und Bonaparte zu Pferde, ungerührt vom angehaltenen Atem seiner Armee, vertieft in das Hin und Her der Bienen, ihren beunruhigenden Flügelschlag, während der Schwarm sich rund um die Königin sammelte, die bald den Marschbefehl geben würde. Seit jenem Tag, an dem er von der Verbindung zwischen Bonaparte und den Bienen erfahren hat, gab es für Andrea Pasolini eine neue Ausflucht aus seinem Imkeralltag. Er durchstöberte die Hinterzimmer der Buchhändler von Pisa, Lucca und Florenz, ergatterte auch noch das unbedeutendste Opuskulum, das irgendein spezifisches Detail über den Ersten Konsul, vor allem über die privaten, verschwiegenen Dinge zu berichten wusste. Für das Allgemeine, die politischen und militärischen Heldentaten, gab es die offiziellen Verlautbarungen, und die waren ihm nur allzu bekannt. Pasolini studierte die Fachleute für Napoleon, ermüdete seine Augen mit faden Memoiren und Echos vom Hof, schrieb an Imker in Versailles und Paris. Einige wenige hatten von N.s Faszination für die Bienen gehört, doch konnten sie nichts weiter beisteuern außer ein paar Anekdoten zweifelhaften Wahrheitsgehalts.

Eines Tages wagte Pasolini es, an Napoleon selbst zu schreiben, der damals gerade in Wien weilte. Natürlich bekam er keine Antwort. Monate später jedoch erreichte

ihn ein mit dem kaiserlichen Siegel verschlossenes Paket. Darin ein Gefäß aus feinem böhmischem Glas mit bernsteinfarbenem, flüssigem Honig. Auf dem Etikett stand Ajaccio, 1800.
Ob Bonaparte sich wohl noch an jene einzelne Geste von vor über vierzehn Jahren erinnerte, wie er sie damals in dem dichten Gewebe von Gefälligkeiten und Pfründen an jedem erschöpfenden Palasttag mit schneller Hand erledigte?

7

Irgendwann war dem Ersten Konsul klar geworden, dass er eines Tages auf Elba landen würde, wenn er auf einer nebensächlichen Mission oder womöglich auf der Überfahrt nach Korsika, Sizilien oder zur ägyptischen Küste einen unverhofften Zwischenstopp anordnete. Eines Tages käme er nach Elba und würde den belesenen Imker aufsuchen, der etwas über seine Vorliebe für die Bienen wissen wollte. Womöglich hat dieses Vorgefühl, oder vielmehr diese Gewissheit, die Begegnung bis zum August hinausgezögert. Ob er sich aus diesem Grund so hingebungsvoll um die Geschäfte der Insel gekümmert hat, die ihn im Grunde wenig interessierten?
Manche seiner Vorahnungen stammten aus seinen Träumen. Wie viele andere Schlaflose träumte er, wenn er dann einmal in den Schlaf fand, äußerst lebhaft. Im Taumel des Russlandfeldzugs träumte er über Wochen immer wieder, er sei ein Imker, umschwirrt von Hunderttausenden Bienen, die er hasste und wütend mit den Stiefeln zertrat, und anschließend verbrannte er die Wa-

ben, in denen sie, ungerührt von allem anderen, weiterhin ihr obszönes Werk vollbrachten.
Der Traum wiederholte sich mit vielerlei Abwandlungen. Er sah sich, wie er die Hände in die Waben steckte, seine Finger über die klebrigen, nach Wachs duftenden Zellen gleiten ließ, bis sie komplett von Insekten bedeckt waren, die ihn nicht zu stechen wagten, obwohl er einige Dutzend niedermachte, indem er in dem Moment, wenn sie am zutraulichsten schienen, die Hand zur Faust schloss. Andere Male war er nackt, bedeckt von einem dichten Umhang aus Abertausenden von Bienen, und diese waren nicht aus Gold wie die auf seinem samtenen, hermelinbesetzten Umhang am Tag seiner Krönung zum Kaiser. Dergestalt galoppierte er über die matschigen Pfade einer von heftigen Regenfällen gepeitschten Insel. Dieser Traum entfachte ein großes Feuer in ihm. Er erwachte daraus mit überbordender Energie, war zu sexuellen Höchstleistungen ebenso wie zu äußerst riskanten Entscheidungen fähig; er geriet in einen regelrechten Rausch, in eine Schlachtfeldeuphorie, die mehrere Tage anhielt und auf seine Generäle und Offiziere übersprang.
Es gab auch Nächte wie jenen weißen Morgen – der Kreml stand in Flammen –, da er sich stocksteif und wie erstarrt inmitten von Bienenstöcken träumte, die im Halbkreis angeordnet waren, einem Erschießungskommando gleich. Er riss den Mund auf, und Millionen rasender Arbeiterinnen drangen in ihn ein und wüte-

ten in seinem Leib, durchlöcherten sein Inneres. In anderen Nächten begatteten ihn Riesenbienen, Sukkuben, die ihre giftigen Stacheln von hinten in ihn trieben. Und dann wieder war er die Königin eines Volkes von der Größe einer Zitadelle, kurz davor, von Unmengen paarungswilliger Drohnen erbarmungslos zerrissen zu werden.
Wann genau setzten diese Bienenträume ein? Ganz sicher vor dem kühnen Brief des elbanischen Imkers. Der hatte ihn im Grunde wie eine Art Bestätigung erreicht, und wenn er ihn nicht immer in seiner kaiserlichen Reisetasche bei sich trüge, könnte er fast glauben, auch ihn, wie den ganzen Rest, nur geträumt zu haben.
Die Ahnung, dass diese Träume eine düstere Botschaft bargen, quälte ihn nach Erhalt von Pasolinis Schreiben noch über Monate. So beschloss er, seinen Träumen ein Signal zur Waffenruhe zu schicken. Er entsandte zwei treue Mitglieder seiner Leibgarde nach Ajaccio, mit dem Auftrag, den kristallklarsten Honig aus seiner Heimat in die Tuilerien zu bringen. Als der Honig dann bei ihm eingetroffen war, ordnete er an, ein Glas davon an den Imker aus Elba zu schicken.
Nach dem Rückzug aus Russland zermarterten ihn diese Alpträume auf immer grausamere Weise, so dass er fortan den Generalstab immer erst um Mitternacht antreten ließ und die Zusammenkünfte bis Sonnenaufgang in die Länge zog. Seine Marschälle, denen vor Müdigkeit und Staunen die Münder offen standen, lauschten den

von ihm ausgeklügelten, großartigen Plänen, die es unmittelbar in die Tat umzusetzen galt. Es waren Tage brennenden Kriegseifers ohnegleichen. Bonaparte schlief zu Pferde, bruchstückhaft die Entwicklung der Schlacht verfolgend.

8

Der Imker wälzt sich unruhig im Bett. Seine Frau schläft mit dem Rücken zu ihm. Hinter dem Moskitonetz hört Pasolini das Sirren der Mücken. Er steht auf, geht langsam hinaus auf die Veranda. Der Vollmond ist von blauen Schatten durchfurcht. Er muss an Napoleon schreiben. Entschlossen macht er sich auf den Weg in den Keller.

Monsieur Bonaparte,
wie Sie sehen, spreche ich Sie nicht mit Kaiser an, denn Sie herrschen nicht länger über ein Imperium. Ich wende mich auch nicht mit dem höchsten militärischen Rang an Sie, der mir ohnehin (ist es Oberbefehlshaber, Marschall, oder vielleicht Admiral?) unbekannt ist.
Sie werden es mir nicht abnehmen, aber ehrlich gesagt beneide ich Sie nicht. Zugegeben, an manchen Tagen würde ich gern in Ihrer Haut stecken. Hier auf Elba, meine ich. Keine Schlachten und auch kein Hofgeglitter. Blut

und Pulver machen mich schwindlig, ebenso wie gepuderte Perücken, intensiver Parfümduft und Schmeicheleien. Aber ich denke zum Beispiel an morgen und an übermorgen. Morgen wäre ich gern an Ihrer Stelle, wenn Sie diesen Imker treffen, dem Sie Ihren Besuch haben ankündigen lassen, als handle es sich um einen unterzeichneten Exekutionsbefehl. Dieser Imker bin ich. Auch übermorgen, weil ich nämlich dann über den vorherigen Tag nachdenken könnte und zu irgendeinem Schluss und damit auch zu einem Entschluss käme. Wenn ich Sie wäre, könnte ich mich selber sehen, wie Sie mich sähen – als elbanischen Imker, der allem Anschein nach (nein, ganz zweifelsohne!) ein glühender Bonapartist ist, weshalb sonst hätte er an den Kaiser schreiben und sich für dessen Bienen interessieren sollen? Es stimmt, vor fünfzehn Jahren habe ich Ihnen geschrieben, und seither haben sich in unserem Leben manche Dinge ereignet, vielleicht nichts wirklich Einschneidendes, bekanntlich sind Inselbewohner ja konservative Gemüter. Wenn ich Sie wäre, könnte ich Züge an mir erkennen, die für mich normalerweise nicht wahrnehmbar sind und die ganz sicher mein Wesen ausmachen. Zugleich verstünde ich Aspekte von Ihnen, die

noch nie irgendwer begriffen hat. Doch das interessiert mich weniger.
Wäre ich Sie bei Ihrem Besuch in meinem Hause, dann wäre ich schon nicht mehr jener Imker, den Sie besuchen wollten, um den Überdruss eines Augusttags zu lindern, angestachelt vielleicht von einer leichten Neugierde. Das wäre dann ein anderer Imker, vielleicht ein richtiger, einer, der stolz auf seinen Beruf ist, der ungehobelt und nicht sonderlich belesen, aber gebührend zufrieden mit seinem Leben ist. Wie ich es sehe, müsste, wenn ich Sie wäre, irgendjemand anderes an meiner statt auftreten. Nein, das wären nicht Sie, auf gar keinen Fall. Was für eine Anmaßung, Sie zu bitten, für zwei Tage ein bescheidener Bienenbauer auf der Insel Elba zu sein! Lassen Sie den Imker scharfen Stahl spüren!
Und doch, was könnte alles für achtundvierzig Stunden aus Bonaparte werden? Sie könnten schlafen. Ihr Geist könnte in den Schlaf sinken, die verdiente Ruhe genießen. Sicher würde ein anderer Imker in meine Rolle schlüpfen; ein Imker müsste es sein, einer, der tatsächlich etwas von der Honigherstellung versteht, von den Kniffen des Handwerks, der Beschaffenheit der Bienenstöcke, den Ritualen der Arbeiterinnen und all diesen

Dingen. Wie sollte er sonst Ihre Fragen beantworten, wie etwas auf Ihre – denn es wären Ihre, obgleich sie von mir kämen – scharfsinnigen Beobachtungen erwidern können?

Wer würde meinen Platz einnehmen, wer gäbe den Pasolini, damit ich Bonaparte sein könnte, während Ihr Geist wie in der Stille eines verlassenen Bienenstocks schliefe, fernab der Wahnvorstellungen eines ewig währenden Kriegs? Vielleicht der, der wie besessen schuftet in seinem Trachten, sämtlichem Honig von Elba sein Siegel aufzudrücken? Dieser Fabrizio, dieser eingebildete Schnösel, der auf mich herabblickt, als meine er mich zu kennen, und vor dem ich mich demütige, damit er mich in Frieden lässt? Nein. Nicht Fabrizio. Ich würde verrückt werden, wenn ich wieder ich selber würde, nachdem zwei Tage lang Fabrizio in mir gesteckt hätte.

Andererseits, stünde ich morgen auf und wäre Sie und ginge um halb sieben den Imker besuchen, der Ihnen vor etlichen Jahren jenen Brief geschrieben hat – also mich, Bonapartes Imker –, und träfe stattdessen auf Fabrizio, der aus dem Mund dieses Imkers spricht und dabei Kröten der Huldigung und bäuerlicher

Schlitzohrigkeit ausspuckt, das Rückgrat im perfekten, da lang geübten rechten Winkel gebeugt … würde mich das schleunigst den Rückzug antreten lassen.
Trotz reiflicher Überlegung sehe ich momentan keine andere Lösung. Und was die Sache zusätzlich verkompliziert: wenn Fabrizio damit beschäftigt ist, den Pasolini zu geben, müsste man einen weiteren Bienenzüchter vom Festland herüberbringen, denn ich fürchte, auf Elba wird man nur schwerlich jemanden finden, der diesen Titel verdient. Der frisch eingetroffene Imker, sicherlich aus Ligurien, würde den Fabrizio geben, während Sie – meine Wenigkeit – ihn mittags zusammen mit mir besuchen würden, wenn wir also gemeinsam zu Fabrizio gingen (denn wenn ich es richtig verstehe, wollen Sie mich den ganzen morgigen Tag an Ihrer Seite haben, den lieben langen Tag, den Sie den Bienen von Elba widmen), und das wäre dann gar nicht er, sondern der Imker aus Ligurien.

Pasolini trocknet den letzten Bogen Papier, reibt die Feder mit Spucke sauber und deckt das Tintenfass mit einer Wachskugel seiner Jungköniginnen zu. Auf dem Weg durch den Gemüsegarten spürt er die Spannung, die das Schreiben des Briefs in seinen Gelenken verursacht hat, an den Ellenbogen, in den Schultern, am Hals. Die Auberginen schimmern im Dunkeln violett, die grünen Tomaten verströmen einen Duft, den er noch nie in Worte fassen konnte.

Weiter unten beherrscht der Mond die Ebene, wie das Auge Gottes. Ein warmer Wind hüllt ihn ein. Schon wieder dieser Scirocco, denkt Pasolini seufzend. Bei diesem Wind vergeht einem die Lust zu atmen: die Luft wird zu dicht und drückend, erfrischt die Brust nicht mehr. Einige Terrassen weiter unten brodeln die Bienenstöcke in der Nacht.

9

In Porto Ferraio, etwa acht Kilometer weiter, ist die Luft ebenfalls dicht und drückend. Ausgestreckt auf seinem Feldbett, als hielte er die Insel lediglich für ein taktisch aufgeschlagenes Heerlager, eine sommerliche Auszeit auf der Insel, atmet Bonaparte schwer. Er ist in Schweiß gebadet und versucht, die Augen weit aufgerissen, sich einen Alptraum mit vielfachen Verästelungen abermals zu vergegenwärtigen.

Vor kaum einer Stunde war er eingeschlafen, doch der Traum umfasste Jahrzehnte und Generationen. Alles geschah in enormen Zeitsprüngen, doch ohne dass der Zusammenhang oder die Verknüpfungen zwischen den Ereignissen verloren gegangen wären. Nun verflüchtigt sich die ganze Tortur schon wieder, während der Korse an die Decke blickt und wie ein fernes Echo die alte Leier seiner Klassenkameraden an der Militärschule von Brienne hört: *La paille au nez! La paille au nez!* In einem Jahr hatte der Klassenclown für die spitze französische Aussprache seines korsischen Namens Napolione eine

neue Bedeutung gefunden. Wie oft hatte er seine Linke bremsen müssen, die sich in den feierlichsten Momenten wie von selbst hob, um einen imaginären Strohhalm von seiner Nase zu wischen. Er, der nie in einer Scheune genächtigt hatte!
Wankend bahnt sich *la paille au nez* seinen Weg durch das Zimmer; der nicht besonders hoch gewachsene, immer gedrungenere Körper nähert sich dem nach Osten gehenden Fenster. Er öffnet es sperrangelweit. In der Stille der Himmelskörper ist alles vom Licht des Mondes überzogen. Der Wind will das Meer zum Horizont zurückdrängen, so scheint es, und Bonaparte muss an das gesträubte Rückenfell einer Katze denken.
Der Besuch bei den Bienenhöfen, der ihn in wenigen Stunden erwartet, kommt ihm in den Sinn. Als gäbe es nicht wichtigere Dinge, die seine Aufmerksamkeit verdienten. Der Verrat, nur so als Beispiel. Eine menschliche Schwäche, die in der Natur nicht vorkommt, sinniert er. Können Bienen etwa Verrat begehen? Sie zweifeln nicht und haben folglich auch keine Angst. Nun gut, da ist die Angst, alles zu verlieren, wenn sie über viele Tage immer wieder an den Blüten gesaugt und die Pollen bei Einbruch der Dunkelheit dem Stock übergeben haben und der Imker Rauch auf sie bläst, dann bleiben sie aus Angst im Stock und laden sich den größtmöglichen Vorrat an Honig auf. Der drohende Brand bedeutet für sie nur eins: Sich zur Flucht bereitmachen, vollbepackt mit Honig, ihrem einzigen Gut. Aber nein, das ist der Selbsterhaltungstrieb.

Bienen sind weder heroisch noch überschwänglich. Wer wollte von ihnen noch größeres Heldentum verlangen, über ihre jungfräuliche Entsagung hinaus? *Tantus amor florum, et generandi gloria mellis**, schwärmte Vergil naiv.

Welche Farbe der Honig wohl in diesem Jahr haben wird, fragt sich Napoleon, während er barfüßig durch das Zimmer wandert. Sie ist nie gleich, zumindest beim Honig aus Ajaccio nicht. Ob die Blüten von Ajaccio wohl die Eigenschaften ihrer Pollen ändern, oder liegt es am Wandel in den Wechselbeziehungen der Kräfte zwischen den Blüten von Apfelsinenbäumen und Lavendel – ohne den wildwachsenden Klee, das Geißblatt und die Brombeere schmähen zu wollen –, je nach Temperatur, Regenfällen und Winden? Das wird er diesen Pasolini fragen. Im letzten Jahr zum Beispiel gab es ganz unterschiedlichen Honig. Der Maihonig war sehr hell, fast durchsichtig, während der Junihonig dickflüssiger und dunkler war, wenn auch weit entfernt vom Septemberhonig, schwarz und massiv wie Ebenholz.

Die Bienen sind diszipliniert und vorhersehbar, doch das Ergebnis ihrer Arbeit ist ungewiss – genau wie bei den Menschen, zu diesem Schluss kommt Bonaparte.

* Vergil, »Georgica«, Kapitel 8, Vierter Gesang (Bienenkunde), aus dem Lateinischen von Heinrich Voß, »So ist der Blumen Gelüft und der Stolz in Erzeugung des Honigs«.

10

Im Keller von Andrea Pasolini. Beim Herabsteigen der Treppe aus graubraunen Holzklötzen fällt sein Blick auf Staumöbel und an den Steinwänden hängende Werkzeuge. In einer Ecke stapeln sich vom Rost angefressene Schutzmasken aus Metalldraht und andere Kleidungsstücke und Gerätschaften des Imkerberufs. An die Wand gelehnt stehen halb verrottete Honigbeuten und Rähmchen, die darauf warten, wieder hergerichtet zu werden.

Er arbeitet sich durch den Gang, der mit Gießkannen und verbeulten Töpfen, Teilen von Pflügen und Zuggeschirren, abgewetzten, eingerollten Teppichen und kaputten Wagenrädern vollgestellt ist. Hinter mehreren Schichten Fischernetzen verbirgt sich eine Eisentür, ihr Schloss fügt sich dem Schlüssel des Imkers widerstandslos.

Das Licht der Öllampe leuchtet die wackligen Regale aus. Zuallererst das Werk von Voltaire, achtundzwanzig Bände im Folioformat. Gesellschaft leisten ihm die fünfunddreißig Bände der Enzyklopädie von Diderot und d'Alembert. Weiter unten stehen die gebundenen Schriften von Rousseau, Buffon, Montaigne und Hobbes. Philosophie und Dichtkunst scheinen sich nicht grün zu sein, denn der Imker hält sie weit auseinander. Auf einem tieferen Regalbrett, etwa auf Hüfthöhe, glitzern in goldenen Lettern die Namen Villon, Ronsard und Racine. Eine kleine, in den Stein geschlagene und mit der Rinde von Korkeichen ausgelegte Nische ist den Abhandlungen über Bienen vorbehalten. Dort mischen sich die Werke von Plinius, Varro, Palladius, Aristomachos und Philiskos von Thasos mit den moderneren von Swammerdam, Boerhaave, Schirach und dem Schweizer »Bienen-Huber«. Manche Bücher sind nur zu erkennen, wenn man sie aufschlägt, die Einbände sind stark abgegriffen.

Pasolini hängt die Öllampe an den Haken neben seiner Hängematte, die aussieht wie aus dickem Damast gemacht, wie er in ländlichen Kirchen zum Verhängen des Haupteingangs genutzt wird. In dieser Hängematte liest und schreibt Pasolini.

11

Bonaparte spaziert durch den Innenhof seiner Palazzina. Er hat gerade onaniert, im Stehen, mit breit gespreizten Beinen, mitten im Garten des Hofs, den Blick auf die anregende Rundheit des Mondes gerichtet. So glaubt er die Schlaflosigkeit zu bezwingen, und zuweilen gelingt ihm das auch. Sein Sperma ist auf die Blätter eines Philodendron gespritzt, deren Einkerbungen leeren und doch überraschten Augenhöhlen gleichen. Von oben auf der Mauer hat ein Wachtposten ihm dabei zugeschaut.
Vom hellen Mondlicht in die Irre geführt, schwirren zwei Bienen um einen weißen Rosenstrauch. Ohne sagen zu können warum, fühlt Bonaparte sich an die Düsterkeit erinnert, die ihn nach der Niederlage von Akkon überfiel. Wenn er diese Festung an der Levanteküste den Osmanen weggenommen hätte, wenn dieser betrügerische Smith den Türken nicht rechtzeitig zu Hilfe geeilt wäre, er hätte das Angesicht des Orients verändern können, er hätte die Revolution bis nach Indien gebracht. Ja, wenn …

12

Pasolinis Bienenstand. Nichts schläft. Eine andere Art von Geschäftigkeit als die des Tages. Am Flugloch des Stocks Nummer sieben, der jetzt im August etwa vierzigtausend Arbeiterinnen beherbergt, entbrennt eine erbitterte Schlacht. Ein Trupp Wächterbienen kämpft auf Leben und Tod mit einem kleinen Schwarm Wespen, die die helle Nacht dazu nutzen wollen, in die Waben einzudringen und sich am Honig zu laben. Auf beiden Seiten gibt es Verluste, ein Wust aus Augen, Fühlern, Flügeln, pelzigen, gestreiften Leibern und versehrten Stacheln. Kurz zuvor war die Königin rasend schnell vorbeigesurrt, hatte unter den Arbeiterinnen der ersten Linie für Aufruhr gesorgt. Einige Dutzend starben ihres übermäßigen Eifers wegen. Ungerührt sammeln die Putzbienen die noch warmen Toten ein und tragen sie zu einem fernen Friedhof.

13

Fabrizio, Andrea Pasolinis Imkerrivale, liegt auf dem Rücken und schläft. Er schnarcht geräuschvoll, die Arme über der Brust verschränkt.
Das Fenster ist geschlossen, offenbar hat der Schlafende das Nahen des Sciroccos im Voraus gespürt. Ein dumpfes Brausen füllt das Schlafgemach. Im Hintergrund fallen Lichtstrahlen durch eine gläserne Platte. Sie gehört zu einem etwa zwei Handbreit großen Glaskasten, der bis zur Außenwand des Hauses reicht; in den fliegen die Bienen nach Lust und Laune ein und aus, bauen darin ihre Wachszellen und lassen den Honig in vier senkrecht stehenden Gestellen kristallisieren. Einen solchen Bienenstock für drinnen hatte Fabrizio in Genua im Haus eines Naturforschers, eines Bienenspezialisten, gesehen und mit Hilfe eines Schiffbauers aus Longone unverzüglich nachgebaut. Wenn irgendeine Sorge ihn früh am Morgen weckt, kann Fabrizio, ohne das Zimmer zu verlassen, beruhigt zusehen, wie seine Sklavinnen auch des Nachts weiter für ihn arbeiten.

14

Pasolinis Hof befindet sich im Südosten der Insel, unweit von Capoliveri. Das Gehöft thront auf einer felsigen Anhöhe, nach Art der Dörfer auf dem toskanischen Festland, die auf den Hügeln gelagert nach Giglio und Montecristo blicken.
Gewundene Wege, die nur jeweils ein Fuhrwerk mit Müh und Not passieren kann; Häuser, dicht aneinander gedrängt, als bewachten sie sich gegenseitig und als wollte keiner versäumen, was beim Nachbarn vor sich geht. Diese dem Anschein nach spontane Zusammenkunft von Familien offenbart einen Herdentrieb, den der Imker nicht teilt. Wenn die Häuser nur über den Abhang verteilt wären, sagt er sich zuweilen, dann könnten alle besser atmen.
Das Haus von Pasolini befindet sich auf halbem Weg die Anhöhe hinauf auf einem weitläufigen Plateau, das von der Fläche her fast ebenso groß wie die Kuppe ist, wo die Häuser des Dorfs sich um die kleine Kirche drängen. Pasolini kann diese weise Entscheidung seiner Vorfah-

ren nie genug würdigen. Mitten im Ort, erdrückt von den immerzu anwesenden Nachbarn, die mehr im Haus von einem selber wohnen als in ihrem eigenen, die weder richtige Türen noch Fensterläden haben, und wo jedes Stück Privatheit Verdacht erregt und schließlich Anlass für Gerüchte liefert – da könnte er nicht leben. Auch zu abgeschieden wohnen, wäre nicht gut für ihn, das würde die Neugier der restlichen Dorfbewohner nur noch mehr anstacheln und sie womöglich veranlassen, ihm häufige Besuche abzustatten; und das würde ihn bei seinen Tätigkeiten stören und ihn zwingen, noch mehr Vorsicht walten zu lassen als bisher, um nicht ausspioniert zu werden.

Hier hingegen, sagt er sich, bin ich im Dorf und zugleich weit weg davon. Von oben können sie mich überwachen, so sehr sie mögen. Es beruhigt sie, wenn ich mich weder ihren Blicken noch ihren Stimmen entziehen kann; manchmal rufen sie mich von ihren Fenstern aus, wenn sie mich im Garten werkeln sehen, oder wenn ich Werkzeug heranschaffe oder an den Bienenstöcken arbeite. Da sie mein Haus und die Bewegungen von uns, die wir darin wohnen, immerzu im Blick haben, glauben die auf dieser Seite des Hangs gewissermaßen, sie hätten mich besser unter Kontrolle als ihre Nachbarn, die Wand an Wand mit ihnen leben, oder als die jenseits der Piazza, von deren Behausungen sie kaum mehr als die mit Hanfgarnsträngen verhangene Tür und ein oder zwei Fenster sehen, klein und stets im Schatten liegend. Sie spähen von oben herab und sehen mich – oder vermeinen mich zu sehen. Sie zählen unsere Wäsche auf der Leine, das Obst an unseren Bäumen (die vom Mainebel übel mitgenommenen Kirschen sind später zum Schmaus für die Spatzen geworden), beobachten unsere Essenszeiten und wer uns so besuchen kommt. Die Anwohner auf der anderen Seite der Piazza, denen ein solcher Zeitvertreib abgeht, kommen sie manchmal nur deshalb besuchen, um einen Blick auf mein Haus werfen und mir etwas zurufen zu können. Die Ärmsten haben keinen, den sie von oben aus ihren Häusern heraus beherrschen können, weil der Fels, auf dem ihre Häuser stehen, fast ohne Plateaus und Terrassen steil in die Tiefe fällt. Unter dem Vorwand, schauen zu wollen, wie das Wetter nach Castiglione hin ist, stürzen sie beim ersten Anzeichen eines Wetterumschwungs in die Küchen und Schlafzimmer ihrer Nachbarn und schauen, ja, nach Castiglione, sie erahnen sogar die Umrisse von Monte Argentario. Vor allem aber schauen sie zum Zeitvertreib nach unten.

Nur wenige ahnen, dass sie nur Ausschnitte und kaum etwas Entscheidendes zu sehen kriegen. Zunächst, weil unsere Bäume strategisch angepflanzt sind, um den Einblick zu erschweren; überdies spielen sich die meisten meiner Betätigungen wie auch die der Familie im Schatten der großen Eiche, der beiden Kastanien, des Nussbaums und der Linden ab. Zumindest besonders verfängliche Dinge und Gesten. Wenn ich es zum Beispiel einmal

wage, im Garten zu lesen oder zu schreiben (wenn die Meinen in der Kirche oder auf dem Markt sind und niemand sonst in der Nähe ist, der Mastiff über den Eingang wacht), tue ich das immer unter der Eiche, nachdem ich, den Lese- oder Schreibstoff in einer Schubkarre unter zwei Scheffeln Brennholz getarnt, einen langen Umweg vom Schuppen über die Freiflächen des Gartens gemacht habe (man kann gar nicht vorsichtig genug sein). Natürlich muss man denen von oben auch Futter für ihre Neugierde geben, und deshalb pinkele ich auf die Wiese oder gegen den Stamm der Mispel (Urin ist sehr gut für Mispeln), ich fluche zwischen den Mimosen, repariere Werkzeug vor der Veranda und am Morgen, wenn es Schatten gibt, stelle ich den Honig in die Tenne. Das alles für ihre wachsamen Blicke.
So also sehen die von oben das, was ich sie sehen lassen will, und sie können ruhig laut nach mir rufen, ich tue dann so, als ob ich sie nicht höre (ich stehe im Ruf, schwerhörig zu sein), doch sie können nicht näherkommen, um etwas zu überprüfen, was ihnen aufgefallen ist (sich ein Fernrohr zu beschaffen, auf die Idee kämen sie nie), oder um etwas anzufassen, durch die Ecken zu schnüffeln wie sie es bei ihren Nachbarn von der Piazza machen. Sie können es einfach nicht. Gott sei Dank sind ihre Häuser alle auf ein und demselben Felsen gebaut, und der Felsen fällt senkrecht und steil auf mein Grundstück ab und bildet dort eine breite Erdterrasse, und auf der hat sich meine Familie vor über hundert Jahren niederge-

lassen. Um hierher zu kommen, müssten sie schwindelfrei sein und sich mit Stricken abseilen, ja, sie müssten Trapezkünstler sein. Mein Vater erzählte mir, einmal habe es ein Vorhaben von Pilgern gegeben, für eine Abkürzung von hier zum Kirchplatz: Stufen sollten in den Stein geschlagen und dabei möglichst die schon vorhandenen Einkerbungen genutzt werden, um den Aufstieg leichter zu machen. Drei der Felsenstufen sind noch, verborgen unter Gestrüpp, zu erkennen. Um hierher zu gelangen, müssten die Dörfler zuerst auf der anderen Seite hinunter- und dann wieder hinaufsteigen, was einen langen Umweg bedeuten würde. Oben angelangt müssten sie dann wieder den steilen Pfad erklimmen, der sich bis zu meinem Haus windet, von wo aus man die Glockentürme von Capoliveri sehen kann.
Die Gänse kündigen die Besucher lange vor ihrem Eintreffen an, und anschließend bieten der Mastiff und die anderen Kläffer ihnen ein wütendes Willkommen. Sie können es nicht halten wie mit ihren Nachbarn oben im Dorf; leise rufen und dann nichts wie rein, ohne auf eine Antwort zu warten, durch die Diele und sich schnell in die Küche oder bis in die Wohnstube schmuggeln, ohne auf den geringsten Widerstand zu stoßen. Kurzum, hier unten bemerkt man ihre Anwesenheit immer. Aber ich muss vorsichtig sein. Das Interesse der Nachbarn ist breitgefächert, und man kann unter ihnen nur überleben, wenn dieses Interesse immer mal wieder auf einen konkreten Gegenstand trifft, man ihnen Wissen über

sich zugänglich macht. Man muss ihnen sozusagen Auskunft über sich geben: was man gerade macht, was man gemacht hat, was man machen wird. Auf diese Weise wird ihre Neugier zwar nicht gänzlich gestillt, beruhigt sich aber. Wenn man sein Leben stets geheim hält, wird ihr Interesse maßlos: dann gieren sie danach, alles und um jeden Preis wissen zu wollen, und zögern auch nicht, mithilfe von Gerüchten, Ausgedachtem und Verleumdungen ihren Hunger zu stillen. In gewissen Abständen muss man ihnen von sich aus etwas zu reden geben.

Meine Position ist heikel. Viel wichtiger als das, was ich ihnen sage – was soll ich ihnen schon groß sagen, da sie mit mir ja nicht reden können wie mit den Nachbarn um die Ecke oder auf der anderen Seite der Piazza –, ist daher das, was ich im Haus tue, auf eine Art, dass sie es sehen können und meinen, Bescheid zu wissen. Wenn ich für ein paar Tage nach Grosseto oder Pisa fahren will, wissen die von oben es längst, noch bevor ich es angekündigt habe. Ich tue mein Bestes, damit meine Vorbereitungen keinen Zweifel an meiner bevorstehenden Reise und den Gründen dafür lassen. Ich spreche in lauten Tönen von Grosseto, Pisa oder Siena und ärgere mich über die arme Berta, weil sie meine Wäsche nicht vorbereitet hat und die Honigbehälter nicht sauber und einsatzbereit sind. Wenn ich auf dem Weg ins Dorf einen von denen von oben treffe, erbiete ich mich, in der Stadt eine Besorgung für ihn zu machen, und liefere ihm viele Einzelheiten zu meinem Ausflug. So kann ich sicher ge-

hen, dass der Nachbar die Nachricht überall verbreiten wird, sobald er seinen Fuß auf die Piazza setzt.
In Grosseto habe ich Lina. Ich mag es, wenn sie ihre langen Beine um mich schlingt, ihre Lust, mir Befriedigung zu verschaffen. Manchmal mag ich es sogar, mich ihrer müde zu fühlen, ihrer Aufmerksamkeiten während dieser zwei oder drei Tage, ihres ungewohnten Geruchs, und neu und gesättigt wieder aufzubrechen zurück in das unbewegliche und unnahbare Leben in meinem Haus auf Elba. Das Geheimnis und die Blendung binden mich an dieses Haus. Wo man mich aus der Entfernung nur sieht und mich mit einem anderen verwechselt, wo ich den Blicken ausweichend zu einem anderen werde.

15

Anfang Juli in Pisa, zwei Monate nach Ankunft des Kaisers auf Elba, läuft der Imker Pasolini neben einem älteren Mann mit aschgrauem Gesicht in Soutane. Sie umrunden den Turm und gehen weiter in die Straßen des Stadtkerns. Beide scheinen über ein schwerwiegendes Problem zu grübeln.

— Bonapartes Truppen haben die ganze Insel fest im Griff, man kommt unmöglich an ihn heran, ohne wenigstens vier Kontrollen zu passieren, sagt Pasolini mit einem Seitenblick zu seinem Begleiter. Erst die vielen Wachen, die etwa dreihundert Meter vor der Villa dei Mulini postiert sind; dann die Garde am eisernen Tor zum Garten; noch dahinter, im Innern des Hauses, die Leibwache, und zuletzt die Kammerherren und Sekretäre, von denen einige ebenfalls bewaffnet sind.

— Ich habe gehört, dass er sich ziemlich viel draußen herumtreibt, widerspricht der Priester und misst Pasolini mit einem Blick, als wäre der ein Ministrant, der immer wieder mit Ausflüchten kommt.

— Nie ohne großes Gefolge. Die Reise von Fontainebleau durch die Provence hat ihn von der drohenden Gefahr eines Attentats auf ihn überzeugt sein lassen. Viele hassen ihn.
— Er ist kein ängstlicher Mensch. Nachts soll er schon manches Mal verkleidet ausgegangen sein, er hat sich in den Hafentavernen unter die Seeleute gemischt.
— Stimmt, das hat er. Aber selbst bei diesen Ausreißern lässt ihn ein Quartett seiner besten und treuesten Dragoner keine Sekunde aus den Augen.
Sie betreten eine Kirche in der Via Consoli del Mare. Der Geistliche kniet kurz nieder, bevor sie durch das Hauptschiff weitergehen. Die flackernden Kerzen in den Seitenkapellen leuchten ihnen den Weg.
— Mitte August ist der beste Zeitpunkt, sagt der Priester, während er die Tür zur Sakristei hinter sich zuzieht. An Mariä Himmelfahrt.
Der Imker lächelt.
— *Ferragosto*? Der Tag, an dem Rom wie ausgestorben ist … Sie vergessen, dass das vor allem ein heidnisches Fest ist, Padre Anselmo.
— Es hat zwei Seiten. Nur weil Kaiser Augustus den Tag offiziell als Ferientag eingeführt hat, heißt das nicht, dass der Himmel Maria nicht am selben zu sich gerufen hat.
Dem Imker liegt schon auf der Zunge, dass auch der Johannistag ein guter Zeitpunkt gewesen war und sie doch nichts hatten ausrichten können, dass die Kameraden

auf Elba jetzt nervös sind, aber der Blick des Geistlichen hält ihn zurück.
— Es wird sehr heiß sein, sagt er stattdessen. Die ersten Julitage auf Elba waren fürchterlich.
— Gerade darum, Andrea. Die Hundstage erreichen am fünfzehnten August ihren Höhepunkt. Die Hitze lullt die Franzosen ein. Die amtierenden Kanzler von ganz Europa sind in den Ferien. Die Monarchen faulenzen in ihren Sommerresidenzen. Bonaparte wird gar nichts anderes übrig bleiben als auszuruhen, Mittagsschlaf zu halten, im Meer zu baden, im Morgengrauen auszureiten. August ist kein guter Monat für Intrigen, und erst recht nicht, um das Verlorene zurückzugewinnen. Alle werden sich entspannen. Und dann schlagen wir zu.
— Mit Verlaub, Padre Anselmo, dafür bräuchten wir einen besseren Plan als den vom Juni. Keiner, der nicht im Voraus angekündigt ist, kann zu ihm vordringen. Wir haben zwei unserer Männer in die Palazzina eingeschleust, aber sie kommen nicht weiter als bis zu den Pferdeställen oder in die Küche, um die Rationen für die Truppe vorzubereiten. Von ihnen bekommen wir Berichte, manche taugen sogar etwas, doch derzeit können wir an Hilfe aus dem Innern nicht einmal im Traum denken. Die Franzosen sind äußerst misstrauisch. Und halten Treue bis in den Tod. Die Soldaten, die Bonaparte mitgebracht hat, wurden Mann für Mann von ihm höchstpersönlich in Gegenwart seiner engsten Vertrauten unter den Offizieren ausgewählt.

— Irgendein Fortschritt Richtung Bienen?, fragt der Geistliche unvermittelt, Pasolinis Aufzählung der Hindernisse unterbrechend.

— Noch nicht. Es gab viel Gerede über das erste Treffen des Ratskomitees. Das habe ich Ihnen ja geschrieben.

— Ja, und der Domherr von Porto Ferraio hat es mir erzählt und konnte es nicht fassen. Er wiederholte mir gegenüber mehrfach, Napoleons einzige Empfehlung sei die gewesen, man solle sich beeilen, Honig zu beschaffen. Nur das. Kein Wort davon, die Stollen in den Bergwerken abzustützen, die schon so viele Männer das Leben gekostet haben. Kein Wort darüber, das Wasser zu rationieren. Nicht eine Andeutung, die Abgaben für die Bauern zu senken oder ganz auszusetzen, bis man das Ergebnis der Ernten in diesem Jahr der Trockenheit sieht. Nichts dazu, die bei den März-Überschwemmungen zerstörten Brücken wieder aufzubauen …

— Seine einzige Sorge schien wirklich der Honig zu sein, schlussfolgert Pasolini. Das hält meinen Glauben aufrecht.

Der Imker ist kurz abgelenkt. Er betrachtet das Gemälde, das er schon viele Male gesehen hat und nun zum ersten Mal richtig wahrzunehmen scheint. Gedämpftes Morgenlicht dringt durch ein schmales Fensterchen in den Raum. Ein Lichtstrahl fällt auf das Bild, das fast immer im Schatten hängt. Der heilige Georg mit dem Drachen. Ein kümmerlicher, zahnloser Drache. Das Flämmchen, das aus seinem Maul züngelt, kann nicht viel Schaden

anrichten. Der heilige Georg, machtvoll und bis an die Zähne bewaffnet, wird ihn in Stücke schlagen.
— Natürlich war er ohnehin dabei, sich um all die anderen Dinge zu kümmern, das hat er in den folgenden Tagen auch reichlich unter Beweis gestellt, mit diesen Worten löst Pasolini den Blick von dem Gemälde, das sich ihm endlich offenbart hat. Noch nie hat man auf der Insel solchen Feuereifer erlebt. Zweihundert Soldaten haben unter Aufsicht von Ingenieuren die meistgenutzten Brücken in Stand gesetzt. Eine weitere Abteilung hat sich um die Straßen gekümmert, die durch die Hochwasser mit umgestürzten Bäumen und Felsbrocken versperrt waren, sofern sie inzwischen nicht zu morastigen Schlammlöchern geworden waren, die ganze Wagen verschluckten. Anschließend hat er sich um die Täler und die Bergwerke gekümmert. Eine Gruppe von Agronomen hat daran gearbeitet, die knappen Wasserreserven durch Rohre zu leiten und zu verteilen. Der Wünschelrutengänger, den die Engländer aus Marseille mitgebracht hatten, ist auf reiche Quellen gestoßen, manche vier Mann tief. Aber das Unerhörteste hat sich in den Bergwerken zugetragen. Bonaparte hat sie in Begleitung von Oberst Legrand besucht. Die beiden liefen jeden Stollen, selbst die besonders einsturzgefährdeten, Schritt für Schritt ab, und kamen kohlrabenschwarz wieder heraus. Die Entscheidung lautete: vierzig Prozent der Stollen sind wegen akuter Einsturzgefahr aufzugeben. Ohne groß etwas zu sich zu nehmen, gestärkt

nur von einigen Gläsern Aleatico und etwas Brot, haben sie den Nachmittag damit zugebracht, die Baupläne für die neuen Stollen zu entwerfen. Am nächsten Morgen dann wurde mit den Grabungen begonnen, die nicht besser vorangehen könnten …

Padre Anselmo platzt wütend heraus:

— Wozu jetzt diese Lobrede auf Bonaparte und seine Ruhmestaten! Ich frage dich, ob er etwas unternommen hat, was ihn deinen Bienen näherbringt, und du lässt ein elendiges Geschwafel über seine Glanzleistungen auf Elba vom Stapel. Du hörst dich an wie diese naiven Bonapartisten während seines ersten Feldzugs gegen Mailand, die in der Lombardei und Emilia wie Pilze aus dem Boden geschossen sind.

Der Imker sieht ihn mit einem gewissen Groll an. Er mag wohl sein Lehrmeister gewesen sein, aber für wen hält er sich, dass er ihm jetzt Lektionen in Politik erteilen will?

— Er hat sich noch nicht gerührt, aber er wird es tun.

Pasolini macht einen Schritt auf den Priester zu, und sein Blick ist sanft, aber unbeirrt

— Ich kenne ihn gut. Ich studiere ihn seit Jahren. Wir sind am selben Tag, nicht weit voneinander entfernt, zur Welt gekommen. Sie waren Zeuge, Padre, wie ich seinen Prankenschlag in Russland und die Eröffnung der Front in Afrika vorausgesagt habe. Ich bin mir sicher, dass ich mit seiner Besessenheit für die Bienen richtig liege, auch wenn ich nicht sagen kann, wie weit sie reicht. Und – er hat mich nicht vergessen. Er weiß, dass der Imker, der ihm vor fünfzehn Jahren geschrieben hat, ganz in seiner Nähe ist, auch wenn seine Nachforschungen bislang äußerst diskret waren.

16

Warum Elba?
Welche Gründe haben die Allianz dazu bewegt, der Verbannung von Kaiser Napoleon Bonaparte auf eine Insel zuzustimmen, die so nah vor der italienischen Küste liegt, kaum ein paar Tagesreisen mit dem Schiff von Cannes und Nizza entfernt?
Talleyrand hatte Korfu vorgeschlagen, wo er sehr viel weiter im Abseits gewesen wäre, er hatte auch schon St. Helena ins Spiel gebracht. Montecristo konnte es nicht werden, die kahle Insel, die Dumas einige Jahre später durch seine Erzählung von Edmond Dantès' groß angelegter Rache berühmt machen sollte. Auch Giglio oder Cabrera nicht, noch eine der vielen anderen kleinen Inseln oder Felsbrocken im Mittelmeer, denn sie wären für ihn ein echtes Verlies geworden. Obgleich Campbell so weniger Arbeit gehabt hätte, erstreckt sich die Küste von Elba doch über eine Länge von einhundertsiebenundvierzig Kilometern, mit unzähligen natürlichen Buchten und Ankerplätzen.

Sie hätten ihn auf eine Insel im Pazifik verbannen können, nach Tahiti beispielsweise, mit dem kleinstmöglichen Gefolge und null Kontakt zur Außenwelt. Dort wäre er dann engmaschig von einer englischen Fregatte bewacht worden, die jede seiner Bewegungen mitbekommen hätte, genau wie Pasolinis Nachbarn es mit ihm halten. Kein Schiff, das im Hafen ein- oder ausliefe, hätte sich der Kontrolle des englischen Kommissars entziehen können. Oder nach Lanzarote, wo ihn die oft Jahre andauernden Vulkanausbrüche überrascht hätten. Auf Tahiti oder Lanzarote wäre Bonaparte in weniger als einem Jahr von der politischen Landkarte verschwunden gewesen.

Mit der Wahl von Elba sollte erreicht werden, dass Napoleon in nächster Nähe, in Europas hauseigenen Gewässern, zu Grunde ging. Vielleicht stammte diese glänzende Idee von Madame de Staël. Oder man bezweckte damit, die Voraussetzungen für seine verhängnisvolle Rückkehr zu schaffen und ihn dergestalt bei seinem Wiedererscheinen wahrhaftig zu besiegen. So gedachten die Strategen der Allianz seinen legendären Ruhm für immer zu brechen, als ließen sich unmögliche Heldentaten aus den Köpfen der Menschen ausradieren.

17

Geboren auf einer Insel. Aufgewachsen auf der Insel. Korsika. Elba. Großbritannien. Welche Bedeutung soll man dem beimessen? Da ist die These von dem angeborenen Traditionsbewusstsein isoliert lebender Menschen, von ihren kurzlebigen Rebellionen.

Nur ein Inselmensch kann die Welt zu einer Insel machen und dann Krieg gegen alle anderen führen. Inseln all überall, nur an einer Stelle nicht. Sibirien.

Bonaparte wollte den Frieden, der dem perfiden Albion nie zupass kam. Und das Geschwür Spanien, dieser Berg aus Granit und Gitarren, blieb ihm im Halse stecken.

Pasolini öffnet die Augen und schreibt:

Leichte Insel
Staatsgewalt ist eine Insel Überschwemmte
Gedanken einer Insel Bedrängen dich Wucherer, bist
du auf einer Insel Brünstige Bestie, will von Küste zu Küste
genommen werden Die Taubenvögel auf all ihren
Plätzen irren Nur das Meer umfasst sie
Hure Insel

Die winzige, gleichmäßige Schrift, herausgeformt durch jahrelange Kalligraphie, trocknet allmählich auf dem pergamentartigen Papier. Der Imker schreibt in seiner Hängematte aus Hanfseilgeflecht, die auf beiden Seiten an Metallringen in der Felswand verankert ist. Da der Raum zwischen den Wänden nur schmal ist, wirkt die Hängematte wie ein Korb mit einem Sack Knochen darin. Pasolinis Körper faltet sich zusammen, sein Hintern streift fast über den Boden. Das merkliche Schaukeln verleiht seiner Schrift eckige Ausschläge. Vielleicht ist es seine Position beim Schreiben, in der Hängematte im flackernden Licht einer Öllampe, die seinen Texten diesen gespannten Ton verleiht, erwartungsvoll und zugleich wachsam. Er scheint allzeit sprungbereit, es könnten ja der Weltuntergang oder ein sengender Säbelhieb kommen.

Seine Schenkel halten den Schreibaufsatz aus Mahagoniholz in einem wackligen Gleichgewicht. Doch das Tintenfass fällt selten um; es rutscht zuweilen nur an die linke Kante der lackierten Oberfläche, die sich an zwei Kupferscharnieren aufklappen lässt und eine Schublade freigibt, in der er Papier und Federn aufbewahrt.

Pasolini steigt in seine Hängematte wie ein Krieger in den Sattel. Die Seile sind dehnbar. Die Hängematte hängt zu hoch, will es scheinen, doch beim Einsteigen gibt sie soweit nach, dass der Imker die sperrige Schreibunterlage selbst vom Boden hochhieven kann. Er positioniert sie in einem erprobten Winkel auf seinen Schenkeln, der

eine bestimmte Balance und damit das Schreiben möglich macht.
Vielleicht schöpft sich mein Schreiben gerade aus diesem Scheitelpunkt des Winkels, überlegt Pasolini. Wenn die Knie schmerzen und knirschen, leiden die grammatikalischen Anschlüsse. Alles zählt, nicht nur die Erregung des Geistes: auch die Neigung der Schreibunterlage, die Stütze des Tintenfasses, das Kratzen der Feder. Oft schläft er in der Hängematte ein. Aber nur für ein paar Minuten, so dass seine Finger die Feder nicht loslassen, seine Muskeln sich nicht entspannen, seine Fersen nicht aus genau der Mulde in der Hängematte fallen, die es ihm erlaubt, seine Gedanken auszudrücken. Außerdem gibt es im Keller keinen Unterschied zwischen Tag und Nacht. Man verliert leicht das Zeitgefühl, verliert sich in dieser Zeit der Ungewissheit, die ihn als Lebenszeit getroffen hat.
Passiert ihm das, währt das Schreiben im Schlaf nur wenige Momente. Die Hand hält inne, und der Imker wacht auf.
Einmal war es anders. Er erwachte mit einem schlechten Geschmack im Mund, wie nach einem langen Mittagsschlaf in ungewohnter Haltung. Seine Hand hielt noch die trockene Feder, abgenutzt vom Ziehen vieler Furchen auf dem Papier. Das Tintenfass war leer. Auf dem Boden verteilt lagen hunderte Zettel, wie Flugblätter der Jakobiner. Er streckte die Hand aus und griff nach einem. Ein Durcheinander ohne Sinn und Verstand. Sah aus wie

Fliegendreck, zufällig auf den Blättern gruppiert, spaltenweise Hieroglyphen, von denen kein einziges Zeichen zu deuten war.

Mit schwerem Schädel, völlig verdutzt, richtete er sich in der Hängematte auf, und seine Füße fanden nur mühsam festen Grund. Hunderte von Blättern, beschrieben in einer barbarischen Sprache. Er konnte nicht glauben, was er da sah: der Boden war von einem absurden Meer überschwemmt. Er überprüfte, ob die Eisentür noch immer mit der rostigen Stange verriegelt war. Auf den Regalen war alles in Ordnung. Niemand schien seine Folianten angerührt zu haben, auch nicht die Stapel seines Geschriebenen, die auf dem vom Holzwurm zerfressenen Tisch lagen. Seine nie abgeschickten Briefe, die politischen Manifeste gegen alle etablierten Mächte, die blutleeren Gedichte: Alles war noch an seinem Platz.

Mit bebenden Lippen betrachtete der Imker die seltsam gekritzelten Zeichen, die nur von ihm stammen konnten. Manche Seiten zeigten einen sicheren Federstrich, auf anderen erkannte er eine zögerliche, vielleicht schon erschlaffte Hand. Sie schienen aus der Berückung eines prophetischen Geistes komponiert. Als warnten sie mittels Tausender von Bildzeichen vor Katastrophen und Unglücken, zu deren Entschlüsselung es Millionen von Wörtern bräuchte.

Es sah aus wie eine Sprache aus Fernost. Pasolini schlug in Bänden nach, die in die zweite und dritte Reihe der in den Fels geschlagenen Regale verbannt waren. Eine sehr alte Ausgabe der Reiseberichte von Marco Polo brachte ihn auf die Spur einer Varietät des Chinesischen, die in der nördlichen Mongolei gesprochen wurde. Der Venezianer hatte einige Sätze in dieser Sprache in sein Tagebuch kopiert, in dem Glauben, es könne ein Vorläufer des Chinesischen seiner Zeit sein. Die transkribierten Sätze lauteten so:

Heißen wir den hervorragenden Gesandten willkommen
aus der Welt von hinten.
(Willkommensschild für Marco Polo
am Hof des Prinzen XX)

man schneide die Köpfe auf Schulterhöhe ab und lasse
sie zwei Abende lang einweichen
(aus einem mongolischen Strafgesetzbuch)

Beim Vergleich der von Marco Polo abgeschriebenen Bildzeichen mit einigen derer, die er selbst im Schlaf hingeworfen hatte, schaffte er es nach mehreren durchwachten Nächten, in denen er Kombinationen durchprobierte, vier Vokabeln zu entschlüsseln, die in seinem geheimnisvollen Text vorkamen:

Welt
hinten
Köpfe
Abende

Spätere Nachforschungen bestätigten, dass die Zeichen, die diesen Begriffen zugeordnet waren, sich jeweils zu gleicher Zahl auf den insgesamt fast hundert Blättern wiederholten, die er in jener schlafwandlerischen Nacht hervorgebracht hatte. Das hätte ein Zufall sein können, war es aber nicht, denn als es dem Imker gelang, die restlichen Bildzeichen zu katalogisieren, stellte er fest, dass diese sich wesentlich seltener wiederholten.

Genau zu der Zeit, da Pasolini damit beschäftigt war, sein traum-mongolisches Schriftstück zu entschlüsseln, lieferte Bonaparte sich militärische, politische und dynastische Schlachten. Fontainebleau, wo der Rest der Welt ihn in die Schranken weisen würde, war nicht mehr fern. Echos davon, dass der Ring der Allianz sich um den kleinen Korsen enger zog, erreichten den Imker, während er durch die Toskana reiste, um Honigproben auszuliefern und die Bestellungen der Großhändler aufzunehmen, mit denen er seit Jahren arbeitete. Er beschloss, die Handelsreise mehrere Wochen zu verlängern, um einen Orientkenner zu suchen, der die Blätter mit den Zeichen aus seiner Feder für ihn entziffern könnte. Von Arezzo reiste er nach Urbino, wo man ihm versicherte, in Bologna lehre einer der bekanntesten Chinakundler Italiens. Professor Solferino vertiefte sich zwei Tage lang in die Ideogramme. Außer den vier bereits erkannten, konnte er zweiundzwanzig weitere ausmachen, die Ähnlichkeiten mit dem zur Zeit von Marco Polos Reisen verwendeten Chinesisch aufwiesen, wenngleich er an manchen

Stellen ein wenig die Phantasie bemühen musste. Und die Bedeutung eines weiteren Dutzends wagte er zu erahnen, indem er sich auf Analogien und deren Kontext stützte. Solferino riet dem entmutigten Pasolini, einen alten Kaufmann in Triest zu Rate zu ziehen, der jahrelang Handel mit dem mongolischen Hof getrieben hatte.
Als er nach fast einmonatiger Reise kreuz und quer durchs Zentrum der italienischen Halbinsel nach Elba zurückgekehrt war, fasste der Imker zusammen, was er über den Text, dem er zunächst prophetische Aussagekraft über sich selbst und seine Rolle in der Welt beigemessen hatte, herausfinden konnte:

> Erstens. Fast alle der von Solferino in seinem Studierzimmer in Bologna halbwegs erkannten Zeichen scheinen sich auf den menschlichen Fortpflanzungsapparat zu beziehen und benennen männliche und weibliche Geschlechtsorgane, vor allem jedoch weibliche. Dem Professor zufolge lässt die vielsagende Wiederholung einiger Verben an die Memoiren eines regelmäßigen Bordellbesuchers denken.
> Zweitens. Die Entdeckungen des Chinakundlers, auch wenn er sich ihrer nicht völlig sicher ist, sind letztlich enttäuschend. Als hätte man mit bloßen Händen nach Enthüllungen über den Ursprung der Welt gegraben und sähe aus dem Urzeitschlamm eine Truppe

leichtbekleideter chinesischer Tänzerinnen emporsteigen.
Drittens. In Anbetracht dessen erscheint mir der unerklärliche Vorfall, dass ich im Schlaf geschrieben haben soll (soweit ich weiß, habe ich noch nie zuvor schlafgewandelt), und zwar in einer mir völlig unbekannten, altmodischen mongolischen Sprache, bedeutungslos zu sein. Und wenn das reiner Zufall gewesen sein sollte? Der Zufall braucht keine Erklärung. Habe ich etwa nicht ein außergewöhnliches Gedächtnis für Bilder? Ich muss Marco Polos Reiseberichte mindestens zwei Mal gelesen haben. Kein Wunder, dass mir diese vier Ideogramme im Gedächtnis geblieben sind und ich sie in jener Nacht sechsundsechzig Mal nachgezeichnet habe. Die anderen hundertdreiundzwanzig Zeichen hätten auch als bloße Variationen dieser vier entstehen können.
Viertens. Bezüglich der Deutungen des Chinakundlers aus Bologna: Was, wenn Solferino jener berühmte Lüstling wäre, der donnerstagsabends rund um die Porta Saragozza Schneidermädchen Gewalt antut? Dann wäre es ganz und gar nicht verwunderlich, wenn der alte Gelehrte sexuelle

Absichten in Zeichen hineinliest, die für ihn komplett unverständlich sein sollten, da sie doch von mir erfunden sind.
Fünftens. Just bevor ich auf dem Rückweg nach Elba in Piombino an Bord gegangen bin, hörte ich, dass Bonaparte in Fontainebleau abgedankt hat. Diese unglaubliche und dringliche Nachricht zerweht die mongolische Episode, die mir mehr als zwei Abende lang Kopfzerbrechen bereitet hat, wie einen vorübergehenden Nebel.
Sechstens. Morgen unbedingt an Padre Anselmo schreiben.

18

Zuhause angekommen erwartete ihn schon ein Brief von Padre Anselmo. Bevor er den Siegellack aufbrach, packte er die in Bologna erworbenen Rahmen für die Honigwaben aus, die wesentlich widerstandsfähiger und besser gearbeitet waren als die, die in Grosseto oder in Siena zu finden waren. Er hatte auch zwei neue Imkeranzüge mit Schutz aus Eisendraht gekauft, leicht und bequem, wie auch einen Rauchbläser mit separater Brennkammer. Seine Frau wollte wissen, wie teuer denn diese ganzen Einkäufe gewesen seien, aber Pasolini beachtete ihre Frage nicht.

Der Brief des Priesters verkündete ihm, was er bereits wusste. Und im Grunde erteilte er ihm nur ungenaue Aufträge, während Anselmo selbst in seiner Pfarrei in Pisa nichts weiter tat, als in Briefen verpackte Befehle zu versenden. Welche »Informationen« sollte er denn wohl beschaffen, »um einen machbaren Plan zu schmieden«? Er hatte eingewilligt, in die Bonapartisten-Gesellschaft einzutreten, um seinem Mentor einen Gefallen zu tun, jedoch unter der Bedingung, dass seine Rolle sich auf die Sache mit den kaiserlichen Bienen beschränkte. Falls er tätig werden müsste, dann in seiner Eigenschaft als belesener Imker, nicht wie ein gewöhnlicher Verschwörer vom Festland.

Voller Unruhe ging Pasolini noch vor dem Abendessen in den Garten, um nach seinem Mangold und dem Kohl zu sehen. Bonaparte auf Elba, dachte er, während seine Finger über die feuchten Blätter glitten. Er hatte das Gefühl, dass plötzlich alles allein auf seinen Schultern lastete. Die Landkarte Europas, über fünfzehn Jahre hinweg bis ins kleinste Detail abgesteckt, würde auf einem wackligen Webstuhl neu entstehen. Die Königin war geflohen. Das Volk orientierungslos. Was war in Leipzig geschehen, und was später in Fontainebleau? Zuerst einmal musste er die atmosphärischen Bedingungen untersuchen, den Zeitpunkt im Fortpflanzungszyklus, die Gestalt der Bienenvölker in Leipzig und Fontainebleau. Die Beschaffenheit des Honigs, die Anzahl der Königinnen, die Dichte des Pollens, die Färbung des Wachses. Kurz gesagt, er musste ein Gefühl für den Bienenstock bekommen.

Am folgenden Morgen schickte er Nachrichten an die Bienenhalter-Vereinigung in Fontainebleau und an Quentin Auprey, seinen Kollegen in Frankreich. In Porto Ferraio beschaffte er sich Karten der Gegend, wo die ominöse Abdankung stattgefunden hatte. Er befestigte die Karten an Holzbrettern und hängte sie an den Verandawän-

den auf. Innerhalb kurzer Zeit waren Fontainebleau und der Umkreis von zwanzig Kilometern vollgesteckt mit Nadeln und bunten Fähnchen.
Denen, die ihn über die Karten gebeugt überraschten, sagte er, dass er auf diese Weise die Bewegungen der napoleonischen Truppen nachstellte, die Ladungen der Kavallerie, die Zerstörungen der Kanonenschüsse. Angesichts der Verstiegenheit, die seine Mitmenschen ihm zuschrieben, konnte das durchaus als ein ihm angemessener Zeitvertreib gelten. Wie sollte ein Bienenhirte denn auch normal sein? In Wahrheit entsprachen die verschiedenen Farben der Fähnchen den Positionen von Bienenstöcken (gelb), von unkontrollierten Schwärmen (rot) und von Königinnenhöfen (blau). Ein größeres Fähnchen in Schwarz mit einem weißen N darauf markierte die Position von Bonaparte.

19

In seiner Bibliothek in der Palazzina treibt Bonaparte es mit einer Frau. Kerzengerade sitzt er auf einem der schlichten Stühle, die in Pisa für ihn angefertigt wurden, die Unterhosen sind ihm bis auf die gespornten Stiefel gerutscht. Von sich aus bewegt er sich kaum, wird vielmehr von dem Auf und Ab der Frau durchgeschüttelt, die rittlings mit dem Rücken zu ihm auf seinem Schoß sitzt. Ihr Blick geht ins Leere. Müdigkeit weht über ihr sommersprossiges Gesicht, was Boney, wie die Engländer ihn nennen, nicht sehen kann.
Die Frau löst sich von ihm. Ihr kastanienbraunes, rotschimmerndes Haar ist mit einem Haarnetz zu einem Dutt aufgesteckt. Sie macht ein paar Schritte nach vorn, ist sich unschlüssig, was das Protokoll als Nächstes vorsieht. Sie dreht sich um, deutet mit dem Kopf eine leichte Verneigung an und verlässt eilig den Raum. Bonaparte bleibt einige Augenblicke reglos sitzen, den Rumpf an die unbequeme Stuhllehne gelehnt, die Arme herabhängend, die Hände, die zuvor die Hüfte seiner Gespielin umfasst

hielten, nun schlaff; der Blick in anderen Sphären. Ruckartig erhebt er sich aus einem Antrieb heraus, der nicht aus ihm selbst zu kommen scheint. Mit hastigen, ungeduldigen Handgriffen zieht er sich die Hose hoch, streicht die Schöße des abgewetzten grünen Gehrocks glatt und knöpft die unteren drei Knöpfe zu. Er wirft einen kurzen Blick in den venezianischen Spiegel. Die Schnittlinien wiederholen sein zersplittertes Bildnis. Buona. Parte. Guter. Teil.

Mit klirrenden Sporen geht er zur Tür. Unwirsch stößt er beide Flügel auf, und sommerliches Licht ergießt sich in die Bibliothek. Was für ein mickriger Vorraum. Alles in diesem Haus hat Zwergenmaß, sagt er sich.

Elba, die Mausefalle. Korsika muss fünfzehn Mal so groß sein. Ich hätte nie annehmen dürfen. Auch wenn die Insel gar nicht so schlecht ist. Ich bin der Kaiser von zwanzigtausend Untertanen, der Monarch der Elbaner. Über wen wird in Paris und in Wien gelacht? Über den Soldaten, der in Mailand einmarschiert ist, der in Austerlitz siegreich war und dem so viele Male zugejubelt wurde, von Franzosen, von Italienern, sogar von den Mamelucken in Ägypten? Oder über diesen anderen, der einmal pro Woche die Bauern von Elba empfängt, die sich ein Paar heile Schuhe und eine Jacke ohne Schweineblut- oder Ölflecken leisten können?

Sollen sie ruhig lachen! Ich habe wenigstens eine Insel, sie haben gar nichts.

Was ist in Paris gerade los? Im August ist die Post noch

viel langsamer. Ob meine alten Untertanen wohl noch immer Flitterwochen mit dem Bourbonen feiern?
Die Engländer: Nennen mich einen Tölpel. Jetzt unterstützen sie diesen fetten, trägen König, der nicht von der Stelle kommt, sofern er nicht mitgerissen wird.
Die befleckte Revolution. Die alten Vorrechte wiederhergestellt. Es ist nur eine Frage der Zeit: Die Unzufriedenheit wird auf Frankreichs Straßen zurückkehren. Und dann …
Die Engländer, ach wie originell. Vorgestern hat mir dieser Lord Soundso in seinem lachhaften Französisch versichert, dass ich, wo auch immer ich mich in England niederzulassen gedächte, gastfreundlich aufgenommen werde. Zwar haben wir Nelson verloren, würde es heißen, aber wir haben immer noch Napoleon. Als Friedensrichter in Surrey oder Dover enden und diesen aschgrauen Kanal betrachten, den ich nie überqueren konnte, nass bis auf die Knochen. Befehlshaber über Katzen und Hunde …
Und Fouché bietet mir eine Überfahrt in die Vereinigten Staaten von Amerika an. Der erlauchte Einwanderer erreicht die Küsten der Freiheit. Könige und nutzlose Aristokraten verboten. Sklaverei und Ungleichheit qua Geburtsrecht abgeschafft. Was könnte es Besseres für den Kaiser geben als ein Land, in dem die Gelegenheiten vermeintlich nie ausgehen, wo das, was man ist, vom eigenen Willen abhängt, vom Einfallsreichtum und einem Quentchen Glück? Dort könnte ich weit mehr als die ein-

hundertfünfundzwanzig Millionen zurückgewinnen, die der undankbare Talleyrand beschlagnahmt hat. Amerika würde mich zum Tribun ernennen, zum Kongressmitglied auf Lebenszeit, Einflüsterer des Präsidenten, wenn schon nicht zum Präsidenten selbst. Das Einzige, was in Amerika nicht möglich ist, ist, noch einmal geboren zu werden.

Niemand kennt mich wirklich. Nicht einmal die von mir Begünstigten kennen mich, meine Dynastie. Der Wohltäter stürzt, und es sieht so aus, als habe das, was er für die Seinen getan hat, nie stattgefunden. Das kann man nicht einmal Verrat nennen. Das ist eine grundlegende Charakterschwäche. Der Ruhm ist zu einer Chimäre geworden, er ist nicht mehr zu erkennen, man redet sich ein, ihn überhaupt nie gesehen zu haben.

Ich bezichtige mich, ein Betrüger zu sein. Ich war nie der jüngste General Frankreichs. Ich habe Norditalien nie erobert und bin nie bis nach Neapel vorgerückt, um das Bourbonenreich beider Sizilien von Halunken zu säubern. Mein großer Alexander-Traum war nur ein Kneipenrausch. Ich behaupte nicht länger diesen Quatsch, die Revolution davor bewahrt zu haben, sich gegen sich selber zu kehren, den Terror aufgehalten, bürgerliche Gerichtsbarkeit eingerichtet, die träge Uhr der Jahrhunderte zum Galoppieren gebracht zu haben. Ich bestreite, je wirklich die Gründung der Vereinigten Staaten von Europa geplant und jemals die Absicht gehabt zu haben, Russland und die Türkei zu unterwerfen und mit dem

großen Kehrbesen Indien von den englischen Halsabschneidern reinzufegen.
Ja, ich bezichtige mich, noch immer an Größenwahn zu leiden. Ich lasse mich Kaiser von ich weiß nicht welchem viel besungenen Territorium nennen und lebe glücklich im Sanatorium von Elba. Man redet mir nach dem Mund. Auf meiner weißen Kleidung ist noch immer das N aufgestickt. Ich gehe unter den Pinien spazieren, in meiner abgetragenen Uniform und mit einem Zweispitz, den die kleinen Nonnen aus Zeitungspapier für mich gefaltet haben. Ich esse mit Appetit, und von Zeit zu Zeit schände ich in den Bergen verloren gegangene Schafe.

20

Was zum Teufel wollen die von ihm? Pasolini ist nur ein Imker, und zuweilen auch Schriftsteller. Sollen sie von ihm doch keine großen Taten erwarten. Er hat keine Ahnung, was man in einem solchen Fall tut. Er ist lediglich auf etwas gestoßen, eine Öffnung, nicht größer als eine Wabenzelle im Bienenstock, wie der Körper einer Biene, durch die man das Geheimnis Napoleons erspähen kann. Aus dieser begrenzten Perspektive, von der perfekten sechseckigen Form einer Zelle aus, kann man Bonapartes Absichten erahnen. Und so erklärt er sich sogar das Wappen Frankreichs, denn für Pasolini ist die Fleurs-de-Lys nichts anderes als eine Abwandlung der goldenen Bienen, die mit rotgläsernen Cloisonné-Flügeln im Grab von Childerich gefunden wurden, dem ersten König der Franzosen.

Pasolini läuft unruhig zwischen dem Hinterausgang des Hauses und dem Zugang zum Bienenstand hin und her. Ganz in Gedanken versunken, mit nichts in den Händen, sieht es so aus, als wäre er untätig. Sicherlich überwachen die von oben diese ungewohnten Bewegungen, von den Fenstern und Terrassen der Häuser aus, die einst zu einer Festungsanlage gehört haben und nun eine bunte Mischung von Wohnstätten auf unterschiedlichen Höhen bilden, von zweigeteilten Häusern und abbrechenden Treppen, die an einer gemauerten Wand enden, als hätte ein Zweig der Familie beschlossen, sich abzukapseln, um den anderen Zweig nicht länger ertragen zu müssen.

Welch unverzeihliche Sünden hat er begangen, dass er sich in dieser Situation befindet? Hätte er doch nie ein Exemplar von »Le souper de Beaucaire« in die Finger bekommen, der von Bonaparte geschriebenen Flugschrift, die ihm von Marc Aurel zugespielt wurde, dem Buchdrucker aus Avignon. »Das Volk von Marseille ist schwach und krank, es braucht Honig, um die Pille zu schlucken«, schrieb darin der Mann, der sich nach so vielen Jahren als flüchtiger Schatten anschickt, leibhaftig in seinen eigenen vier Wänden aufzukreuzen. Honig würde er dem Volk später auch geben, bei der Belagerung von Toulon, an seinem ersten Einsatzort als Artillerieoffizier. Der Honig von Toulon, erfuhr Pasolini später, zählt in der Provence zu den besonders geschätzten. Dickflüssig und dunkel kommt er aus den Kastanien- und Nussbaumwäldern.

Hätte er doch nie vom Honig aus Jena oder Montmirail gehört, und erst recht nicht von den Schlachten, die Bonaparte dort gewann! Der aus Montmirail ist ein kräftiges Abführmittel. Ein halber Löffel dieses Honigs lässt auch den chronisch Verstopften zum Klosett rennen. Er riecht nach erregten Drohnen, die auf ihren Hochzeitsflug harren. An jenem Morgen, nachdem Napoleon seinen Kaffee mit einem Löffel Honig gesüßt hatte, warf er bei Montmirail seine drei Regimenter gegen die gegnerischen Truppen, durchtrennte dem Feind die Schlagader und streckte ihn noch vor der Abenddämmerung endgültig nieder.

Die Offenbarung, die er beim Lesen von Münkers Werk »Die Bienen von der Mosel« erlebte, erscheint ihm inzwischen als einer der Köder, die ihn in die Falle gelockt haben, in der er nun sitzt. Das Buch faszinierte ihn ungemein. Zunächst, weil es ihm Hintergründe über seine Hunderttausende von Jungbienen enthüllte, von denen er bis dato nichts geahnt hatte. Zweitens, weil er nach abgeschlossener Lektüre den Eindruck hatte, eine Lehrstunde in Militärstrategie erhalten zu haben. Im Lebenszyklus der Bienen von der Mosel verbanden sich Logik, Instinkt und Ehrgeiz auf völlig natürliche Weise. Dazu kam selbstredend noch die Dienstfertigkeit und die Treue bis in den Tod, da in der Welt der Bienen der Tod genau wie in der des Krieges als bedeutungslos erachtet wird.

Am nächsten Tag, während er seine Bienenstöcke fast schlafwandelnd versorgte, mit brennenden Augen vom nächtlichen Lesen, stellte Pasolini den Zusammenhang her, der den Lauf seines Lebens verändern sollte.

Münker erklärte äußerst detailreich den Fall einer Bienenkönigin, die mehrere Entmachtungen überlebt hat. Weit davon entfernt, aufzugeben, schickte sie mehrere fiebrige Schwärme los, um die Herrschaft über ein riesiges Pollengebiet zu erlangen. Sie vernichtete die Eistifte in den Weiselzellen, kaum begannen diese sich zu verpuppen. Die Langlebigkeit der Königin und ihre absolute Herrschaft über den Bienenstock stellten den Wahrheitsgehalt dessen, was der österreichische Naturforscher erzählte, in Frage. Pasolini wusste nur zu gut, wie außergewöhnlich es war, dass die strengen Arbeiterinnen der Königin mehr als einen Fortpflanzungszyklus lang eine derartige Dominanz erlaubten, so eng verwandt mit der Königin sie auch sind und der Mutterschaft nur entsagen, weil es ihnen mehr bringt, der Königin zu helfen, statt sich selbst fortzupflanzen.

In solche Gedanken war er an jenem nun fernen Tag versunken, geschützt vom Drahtgeflecht der Maske und den hirschledernen Handschuhen, als plötzlich – an alle und an niemand im Besonderen gerichtet – eine Stimme aus der Höhe der zerklüfteten Festung brüllte:

— Napoleon marschiert auf Rom!

Der Imker musste sofort an die Ähnlichkeit zwischen Münkers Bienenkönigin und Napoleon Bonaparte denken. Beide Fälle waren gleichermaßen unwahrscheinlich, Monstren der Natur, legendenhaft. Bonaparte hatte sich nach Terni zurückgezogen. Alle, seine Feinde eingeschlossen, dachten, er würde ein Bataillon zur Deckung der Nachhut schicken, während das Gros seiner Armee

Civitavecchia angriff, eine leichte Beute, und sich Viterbo unter den Nagel riss. Der Korse hatte anderes im Sinn. An der Spitze von fünfzigtausend Soldaten, diesem wundersamen Schwarm auf der Suche nach einer neuen Wohnstatt, rückte er in Gewaltmärschen vor, schaffte es in drei Tagen bis vor die Tore der Ewigen Stadt und fegte die Österreicher weg. Pasolini erkannte in Bonapartes instinktivem Vorgehen und seinem Zeitgefühl die mühelose Klugheit von Münkers Königin.

21

Und wenn er einfach etwas Proviant und Schreibsachen einpackt und sich auf den Monte Capanne verzieht? Wenn Bonaparte dann kommt, wäre er nicht anzutreffen. Erst Tage später kehrte er hinkend, mit einer Wunde am Bein, nach Hause zurück. Beim Verfolgen eines riesigen Bienenschwarms in den Bergen sei er in eine Grube gefallen. Er habe von den Bienen ablassen müssen, würde er behaupten, weil er festsaß.
Dort, auf dem Berggipfel, hätte er bleiben sollen, er mitsamt seinen Büchern. Alles auf Wissenserwerb und Atmen beschränken. Sich nicht in die Dinge des Tals einmischen. Diese ganzen Überlegungen und Theorien zu Bonaparte und den Bienen hatten seinem eintönigen Leben Spannung verliehen, ja, das stimmte. Aber der Gegenstand seiner Studien war weit weg gewesen. Jetzt aber ist er ganz in seiner Nähe und eine Bedrohung. Wer ist denn bloß dieser Kaiser von Elba? Ein weiterer Tyrann, den die Geschichte mit dem Auftrag hervorgewürgt hat, die Menschen zu befreien? Ein Tyrann, der sich von

Bienen lenken lässt, ist nicht mehr und nicht weniger als ein Tyrann, der Blitzen und Donnern folgt, oder Geiern, Schmetterlingen, dem Pfeifen des Windes oder einer Kurtisane, die ihm Gift in die Ohren träufelt.
Pasolini durchquert das Hoftor und macht sich auf den Weg ins Dorf. Er muss eine Nachricht nach Pisa schicken, er muss seine Situation erklären. Er vertraut Padre Anselmo nicht mehr. Das Abdriften des Korsen muss den Priester durcheinandergebracht haben. Dieser geduldige, ausgeglichene Mann, der ihm das Lesen und das eigenständige Denken beigebracht hat, ist nicht mehr wiederzuerkennen. Mit Unbehagen erinnert er sich an die Diskussion, die sie wenige Wochen zuvor in Grosseto hatten, bei der Toskanischen Bonapartisten-Gesellschaft. Er hatte gesagt, er sähe nicht, was sie auf Elba tun könnten. Bonaparte schien am Ende zu sein. Seit er abgedankt hatte, verkleidet aus Frankreich geflohen war und sich im elbanischen Gefängnis vor der Welt versteckte, war er die Lachnummer Europas. Das so genannte Hindernis für den Frieden des Kontinents saß mit gebundenen Händen auf einer Insel – und konnte nicht schwimmen, hatte keine noch so armselige Schaluppe, keinerlei Möglichkeit zur Flucht.
— Du verstehst rein gar nichts, schleuderte Anselmo ihm vor allen anderen entgegen. Die Situation ist momentan eine vollkommen andere. Bis vor ein paar Jahren war Bonaparte ein unbequemer Freund. Auch wenn es so aussah, als befreite er uns von unserem jahrhunderte-

alten Joch, als schüfe er einen gewissen Zusammenhalt auf der Halbinsel, war es doch die französische Armee, die sich hinter ihm durchgesetzt hat. Einerseits begrüßten wir ihn als Befreier, als Fahnenträger einer neuen, vom menschlichen Verstand bestimmten Ordnung; andererseits bekämpften wir ihn wie dumme Patrioten. Dieser Zwiespalt schuf die seltsame Mischung aus Leidenschaft und Lähmung, die uns antrieb. Wir glaubten an die Ideen, nicht an den, der sie uns gewaltsam aufzwang.

Anselmo machte eine seiner typischen Redepausen. In milderem Ton fuhr er fort, wie Pasolini es bei ihm schon so oft erlebt hatte:

— Jetzt aber ist Frankreich eine dahindümpelnde Macht, und das Chaos greift noch stärker nach unserem Land. Jetzt kann Bonaparte, gerade weil er so schwach wirkt, nützlich sein. Er spricht unsere Sprache, teilt auf korsische Art unsere Kultur. Er steckt in einer Sackgasse und hat Gründe genug, sich an denen zu rächen, die ihn verraten haben. Frankreich war lediglich sein Werkzeug, nun ist es von anderen besetzt und beschädigt. Es ist an der Zeit, das Heilige Reich wiederzubeleben. Die Stunde Italiens hat geschlagen. Und dafür brauchen wir einen Kaiser. Einen wirklichen Kaiser, der eine Armee von Toskanern und Mailändern anführt, von Venezianern und Römern, von Bauern aus Neapel und aus Kalabrien.

Verwirrt sah der Imker seinen alten Lehrer an. Die Sonne von Pisa musste dem armen Priester das Hirn über-

hitzt haben. Es würde ihm gut tun, die kalten Tramontana-Winde auf Elba zu spüren.
Wer sprach da aus seinem Mund? Wusste Anselmo nicht, wie sehr Bonaparte südlich von Eboli gehasst wurde? Um gar nicht erst von Mailand und Venetien zu reden. In Padua und Mantua hatten sie sein Bildnis bei den Patronatsfesten verbrannt. Franzosenfreunde wurden in Parma wie Karnickel gejagt. In Turin hatte der Erzbischof gedroht, diejenigen zu exkommunizieren, die sich weigerten, ihre Perücken einzupudern. In Bologna denunzierten die Gelehrten sich gegenseitig, und ganze Familien, wie die Bentivoglio und die Irnerio, hatten sich gezwungen gesehen, in Dalmatien Zuflucht zu suchen. Den Süden verstand keiner, außer vielleicht der Dichter aus Weimar, der Sizilien für den Schlüssel zur gesamten italienischen Halbinsel hält.
— Wenn jemand in der Lage ist, dieses Puzzle aus Herzog- und Fürstentümern, Königreichen und Papststaaten unter einer Fahne zu vereinen, dann ist das Napoleon Bonaparte. Nur er kann zu kalabrischen Straßenräubern wie auch zu lombardischen Prinzen in ihrer eigenen Sprache sprechen und sie von ein und derselben, auf verschiedene Arten ausgeschmückten Idee überzeugen.
— Und wie sollen wir Napoleon überzeugen, unser Cäsar zu sein?, fragte der Notar von Grosseto dazwischen. In der Zusammenkunft brach skeptisches Gemurmel aus. Einen Augenblick lang kam Pasolini sich wie ein

Darsteller bei einer dieser Operetten vor, die an den Festtagen auf den Plätzen Kampaniens aufgeführt wurden und nicht selten mit Raufereien im Publikum endeten.

— Was könnte ihn zu dem Versuch bewegen, die Lande des Reiches wieder auferstehen zu lassen und Rom zu seinen Ursprüngen zurückzuführen?

— Die Bienen, erwiderte Anselmo mit einem triumphierenden Seitenblick zu Pasolini.

22

Bonaparte betrachtet die Seerosen vom Rand des Teichs hinter der Palazzina aus. Er hat ihn selbst anlegen lassen, er braucht einen natürlichen Ruhepunkt in der Nähe seiner Bibliothek, damit der Blick Erholung findet. Wasserläufer wirbeln über das ruhige Wasser, fast ohne es zu berühren. Unter der Oberfläche blitzen goldene und rötliche Schimmer auf und verschwinden gleich wieder, aber auch graugrüne Schatten zeigen sich. Bonaparte hätte gern Honig von den Seerosen, diesen Wasserblüten, die die Dunkelheit nicht ertragen. Er könnte ein großes Netz wie ein Zirkuszelt über den Teich spannen lassen. An den Rändern würde er die Bienenstöcke aufstellen, vielleicht wären drei schon genug. Er malt sich aus, wie er die Arbeiterinnen überwacht, genau von dort, wo er jetzt steht, wie er beobachten würde, wie sie auf die Gefangenschaft reagieren, ihr Saugen und Lecken ausschließlich an Seerosen. Die eine oder andere bliebe in den Blüten gefangen, wenn sie sich mit der Dämmerung schließen, und ihre erstickten Körper trieben am nächsten Tag im Wasser.

23

Der Imker kommt nach Porto Ferraio und sieht das Fährschiff gerade noch in Richtung Piombino aus der Bucht auslaufen. Nun kann er Anselmo die Nachricht nicht mehr schicken. Er ist außer Atem vom schnellen Marsch von seinem Haus bis hierher und lässt sich am Kai auf einem Frachtballen nieder. Wenige Meter entfernt wird ein Zweimaster ausgeladen. Pasolini beobachtet, wie sich die Hafenarbeiter, schwerbeladen mit Stoffballen, Früchten und anderen Gütern, aus dem Schiffsbauch mühen. Die Stimmen, das sich im Wasser widerspiegelnde Schiff, die Mittagshitze, all das macht ihn schläfrig. Er ist erschöpft, die Augenlider werden schwer. Er legt sich so gut es geht auf den Ballen und ist innerhalb weniger Augenblicke eingeschlafen.

Pasolini träumt von einer sicherlich aus Afrika eingeschleppten, ansteckenden Krankheit, die in seinen Stöcken ausbricht. Viele Drohnen sterben, die Arbeiterinnen erleiden Mutationen, ihre Routine ist gestört. Sie kümmern sich nicht mehr um Sauberkeit und Ordnung in

den Gängen des Bienenstocks. Später saugen sie nicht mehr an den Blüten, tragen keine Pollen mehr herbei, sondern kein Wachs mehr ab und stellen selbstredend auch keinen Honig mehr her. Die Königinnenlarven sind die ersten Opfer dieses merkwürdigen Verhaltens, werden dahingerafft durch den Mangel an ihrem speziellen Futtersaft. Im Gegenzug schweben die unbegatteten Königinnen in Angriffsformation wie Sturmwolken durch die Straßen des Dorfes. Gezielt wählen sie sich ihre Opfer aus, fallen wie eine Breitseite giftiger Pfeile über sie her. Die Menschen flüchten in ihre Häuser. Verriegeln Fenster und Türen. Aber das nützt nichts: der Schwarm wird von den Hindernissen umso mehr angestachelt, greift doppelt so heftig an. In Angriffswellen stürmen sie heran und durchbrechen die kräftigsten Läden, selbst die massiven neuen Türen aus Kastanienholz. Sind sie erst einmal eingedrungen, ist die Qual der Opfer grauenvoll. Manche werden vor Angst ohnmächtig, kaum dass sie das nervenzerreißende Sirren und Surren in ihrer Nähe hören.
Gerade als die Nachbarn von oben sich mit Seilen und Leitern den Fels herablassen und drauf und dran sind, sein Haus, die Bienenstöcke und alles, was sie sonst noch auf dem Hof vorfinden, in Brand zu stecken – endet der Alptraum.
Jemand schüttelt den Imker. Er wacht auf.
— Entschuldigen Sie, mein Herr, ich muss den Ballen wegtragen, auf dem Sie da liegen.

— Wohin fährt das Schiff?, fragt Pasolini und richtet sich auf. Erleichtert stellt er fest, dass der hier keiner seiner Nachbarn von oben ist und wohl auch nicht vorhat, seine Bienenstöcke in Brand zu stecken. Zumindest für den Moment nicht.
— Ich weiß nicht, der Herr. Der Kapitän ist an Bord.
Lamarck. Die goldenen Buchstaben des Schiffsnamens sind in ein breites Stück Teakholz geschnitzt. Wie seltsam, denkt der Imker. Erst vor wenigen Monaten hat er die »Philosophie zoologique« von Chevalier de Lamarck gelesen, der die These aufstellt, dass Drohnen, Arbeiterinnen und Königinnen mit den gleichen genetischen Eigenschaften zur Welt kommen, jedoch die jeweils unterschiedliche Ernährung (Gelée royale für die Königinnen) sie auf ihre Rollen im Betrieb des Bienenstocks festlegt.
Das Schiff fährt unter französischer Flagge mit einem zusätzlichen Fähnchen, das die Zugehörigkeit zu einer der Kolonien anzeigt. Vielleicht Tahiti?
— Wir stechen morgen Richtung Piräus und Smyrna in See, sagt der Kapitän, dessen rechtes Auge in eine andere Richtung blickt, hin zur Takelage. Unsere Reise geht nach Cochin, in Südindien.
— Und wann werden Sie dort eintreffen, in Indien?
Der Kapitän schaut zu den Arbeitern und bedeutet ihnen, zwei Ballen an Deck zu lassen. Sein rechtes Auge scheint unabhängig davon den Imker zu mustern. Einen Augenblick lang sieht Pasolini sich, wie er ein neu-

es Leben in Smyrna oder in Cochin beginnt. Für immer von dieser Insel verschwinden: diese Idee ergreift mit Macht Besitz von seinen Gedanken. Eine Idee, die ihm vor Bonapartes Ankunft abwegig erschienen wäre, doch nun hat er das Gefühl, dass Elba nicht groß genug für sie beide ist, für den Kaiser und für ihn.
— In vier oder fünf Monaten, je nach den Flauten im Arabischen Golf. Doch wenn Sie erwägen, bei uns anzuheuern, muss ich Sie leider enttäuschen. Wir haben keinen Platz, nicht mal für eine Stecknadel. *Vous comprenez, Monsieur*?
Wie viel könnte es ihn kosten, damit dieser Mann, der ihm vertrauenswürdig scheint, ein Plätzchen für ihn und sein Bündel Bücher im Laderaum der *Lamarck* findet?
Mit schweren Beinen steigt Pasolini die drei Stufen zu einer der Hafentavernen hinab. Seit einer Ewigkeit hat er hier keinen Fuß mehr hineingesetzt, das muss noch vor seiner Hochzeit gewesen sein. Er bemerkt den Blick des Schankwirts und der Stammgäste, die an einem der Tische Karten spielen. Wie lange hat er schon keinen Grappa mehr getrunken?
Und Karten gespielt? Vor dem Tod seines Vaters kam er manchmal hierher. Zwei seiner Schulkameraden, mit denen er sich damals öfters zusammentat, sitzen noch immer da, als hätten sie sich nie vom Fleck gerührt. Während die Flüssigkeit brennend durch seine Kehle rinnt, betrachtet er durch die dichten Rauschschleier die Bewegungen der Spieler.

24

Bonaparte braucht einen Imker, weiter nichts, hatte Anselmo bei dem Treffen beharrt. Nur die Person, die den Bienen am nächsten ist, kann ihn die Dinge mit mittagsheller Klarheit sehen lassen, meinte er.
Ihm zufolge ist sich Bonaparte des Einflusses der Bienen auf sein Leben nicht voll und ganz bewusst. Bonaparte glaubt, die Wahl der Biene als sein Wappentier sei nur eine Metapher, deren Fleiß geschuldet, mal abgesehen von der Nachahmung der goldenen Bienen aus Childerichs Grab. Doch das ist nur die Spitze des Eisbergs.
Gleich darauf erlaubte sich der erfahrene Priester einen der Kniffe seines Berufs. Habt ihr euch nie gedacht, dass es in der Geschichte des Kaisers bisher so geht wie bei der Auferstehung Christi: Man hat das Gefühl, es muss noch mehr passiert sein als in Emmaus, bloß dass die Evangelisten es uns nicht erzählt haben?
Ja, was kann denn jetzt noch kommen?, fragt sich Pasolini, und starrt durch sein Grappaglas auf die Karten von Mario, einem der Spieler, die auf diese Weise ganz

verzerrt erscheinen, die langgezogenen Piks, die Herzen wie verkehrte Pfeilspitzen.
Seine Aufgabe ist es, Bonaparte bei sich zu Hause an seinen Arbeitstisch zu führen und ihm seine eigenen Schlachten anhand der Bienenkarten zu erläutern. Er stellt sich vor, wie er vor des Kaisers Nase zuerst die Karte von Austerlitz entfaltet, weil das eine der vollkommensten und besonders überzeugenden ist, jahrelang hat er daran gearbeitet. Die Karte ist ein Kunstwerk, beinahe so wie die Schlacht selbst. Anselmo war sprachlos gewesen, als er sie ihm gezeigt hatte; selbst er, der schon überzeugt war, hatte gestaunt, auf wie natürliche Art das Verhalten der Bienen mit dem Kampfgeschehen übereinstimmte.
Wie kann er sich diese Gelegenheit entgehen lassen, von der er so lange geträumt hat? Er war es doch, der sich ein System ausgedacht hat, das die Gleichzeitigkeit der einen und der anderen Ereignisse offenlegt, und zwar mit dem Ziel, es eines Tages dem Sieger von Austerlitz persönlich zu zeigen. Über die topographische Karte der Schlacht von Austerlitz würde er transparentes Pauspapier legen, auf dem die Ereignisse eingetragen sind, die zur kleinen und vorhersehbaren Welt der Bienen gehören. Es war aufregend zu sehen, wie sie sich deckten, wie Tag für Tag die einen Geschehnisse die anderen wiederholten, sie schließlich ineinanderflossen und im selben Ergebnis mündeten: dem Sieg der einen und der Niederlage der anderen Armee. Ursache und Wirkung zu

bestimmen war schwierig und strittig, nicht jedoch das Vorhandensein zweier strategischer Bewegungen, die dem Anschein nach völlig unabhängig voneinander, zur selben Zeit und im gleichen räumlichen Verhältnis abliefen.

Bonaparte, so sagt sich Pasolini, den die ruckhaften Bewegungen der Kartenspieler längst nicht mehr interessieren, wäre überwältigt. Und später kämen seine Fragen, seine Folgerungen, die Entfaltung seiner machtvollen Intuition, dieser für ihn so typischen alles verschlingenden Neugier.

Vor der Karte von Austerlitz, die durch das geschäftige Treiben der Bienen durchscheint, vermeint er Bonaparte zu sehen und zu hören. Der fragt ihn mit ernster Stimme, was denn seine Quellen seien, auf welche Art er sie überprüft habe und ob er sich des Wahrheitsgehalts dessen, was er da auf dem Transparentpapier dargestellt hat, völlig sicher sei. Während die Antworten kommen, verlangt der Kaiser nach Zirkel, Lineal, Papier und Bleistift. Er nimmt ein paar schnelle Messungen mit dem Zirkel vor und überträgt die Entfernungen mit dem Lineal. Daraufhin verbeißt er sich in komplexe Berechnungen, fragt ohne aufzublicken nach der geschätzten Bienenzahl pro Schwarm, nach der Flughöhe, der Geschwindigkeit. Pasolini geht davon aus, dass er dank Réaumur, Huber und Bonnet über die Organisation von Bienenvölkern Bescheid weiß. Die Zahlen des Artillerieoffiziers prasseln rasend schnell auf das Papier. Die Berechnungen,

für die Pasolini Wochen gebraucht hat, löst er innerhalb von Minuten, weil er die Daten seiner eigenen Armee bis ins kleinste Detail im Kopf hat.
— Eine Geheimwaffe, hatte Anselmo gesagt. Du wirst Bonaparte die Geheimwaffe offenbaren, derer er sich nicht bewusst war, weder in Austerlitz noch in Marengo oder in Jena.
Eine unvollkommene, instinktive Geheimwaffe, doch zugleich sicher und vorhersehbar. Er als Imker habe eine gewisse Kontrolle über die Bienen, die nichts mit der Kontrolle zu tun habe, die Napoleon auf dem Schlachtfeld über seine Männer ausübt, ob es nun Generäle, Offiziere oder bloße Fußsoldaten sind. Sie kennt der Kaiser, ihre Handlungen kann er vorhersehen und ihre Leidenschaften kontrollieren. Er kann sie lenken. Auch wenn er sich zuweilen irrt, hat er doch öfter recht, als dass er falsch liegt. Mit den Bienen hingegen kennt er sich nur begrenzt aus, typisch für jemanden, der ein bisschen etwas weiß und den Rest erahnt. Wenn sie, mit dieser perfekten Disziplin, Einfluss auf seine Siege gehabt haben sollten, stellt sich die Frage, wie man diesen Einfluss lenken könnte, wie man den Pulsschlag des Bienenstocks kontrollieren, die jungen Königinnen zum eigenen Nutzen einsetzen könnte.
Pasolini tritt aus der Taverne. Mit unsicheren, langsamen Schritten, gelegentlich innehaltend, als debattiere er mit sich selbst, geht er zum Kai, wo die *Lamarck* vor Anker liegt. Im Hafen werden die Laternen angezündet.

Bauern mobilisieren, sagt er sich und hat dabei Anselmos Stimme im Hinterkopf, Fürsten einschüchtern, Monarchen stürzen, seine Anhänger entflammen, das ist das Handwerk Bonapartes. Erlernt hat er dieses Handwerk im Laufe von zwei Jahrzehnten auf den vielen Schlachtfeldern. Dasselbe in Bezug auf die Bienen zu erlernen, könnte für den Kaiser ebenso lange dauern, vielleicht noch länger, denn der Instinkt der Bienen hat ihm etwas voraus. Er hat keine Zeit zu verlieren, die Leben sieben siamesischer Katzen würden ihm nicht genügen, all das zu machen, was er gerne machen möchte. Wenn die Bienen eine Front von lebenswichtiger Bedeutung darstellen, um seinen Ruhm abzurunden oder auch nur vor dem Vergessen zu bewahren, dann muss er einen Experten einberufen, jemanden, der sie in- und auswendig kennt.

25

Auf dem Marmorboden kniend, tuschelt ein Mann im Beichtstuhl, den Rücken vom violetten Vorhang halb verdeckt.

— Gestern ist der Befehlshaber der Carabinieri zu mir in die Sprechstunde gekommen. Ich dachte, wegen eines Problems mit der Blase, so eine essigsaure Miene hat er gemacht. Oder mit der Prostata, obwohl er noch jung ist. Doch er sagte sofort, er sei aus anderem Grund da. Er fragte mich nach der Bonapartisten-Gesellschaft, weil ich als deren Sekretär und Schatzmeister bekannt bin. Ich nannte ihm bedeutungslose Details über die Gründung und die Ziele. Und sagte, wir seien leider nur wenige, und erwähnte Bonetti, Lefebvre und Zamagni. Er fragte mich, ob Sie, Padre Anselmo, mit der Gesellschaft in Verbindung stehen. Ich sagte ihm, Sie seien lediglich mein Beichtvater und kämen manchmal als geistlicher Berater zu bestimmten Sitzungen …

Anselmo fragt sich, wer den Chef der Carabinieri wohl informiert haben mochte. Das Räuspern einer Gläubigen, die in einer Seitenbank darauf wartet, an die Reihe zu kommen, zwingt ihn, die Beichte zu beenden.

— *Ego te absolvo a peccatis tuis …*

Padre Anselmo steigt die Freitreppe zum Bischofssitz hinauf. Er erinnert sich an eine ähnliche Situation, schon vor langer Zeit. Es war an einem seiner ersten Bestimmungsorte, in Siena. Dort nahm die Gesellschaft ihren Anfang, auch wenn er sich von ihr trennen musste, als er nach Elba entsandt wurde. Mit dreiundzwanzig Jahren war er in die toskanische Stadt gekommen, zuvor hatte er seit seinem elften Lebensjahr im Seminar von Brindisi gelebt. Ein Jahr in Rom und ein Sommer in Paris, um einen Prälaten zu begleiten, vervollständigten seine theologische Ausbildung. Als er nach Siena kam, war der Sturm auf die Bastille in aller Munde. Der einheimische Adel schloss seine Reihen. Ein heikler Moment, eine Hexenjagd. Er hatte in seiner Zelle Werke von Rousseau, Diderot und Montesquieu, die er aus Frankreich mitgebracht hatte. Bald wurde er sich der konservativen Einstellung der Menschen von Siena bewusst, von den Adeligen bis hin zu den neuen Bürgerlichen, die sich allmählich zu Herren der Stadt aufschwangen.

Anselmo öffnete sich nach und nach einen Weg zwischen diesen sturen Köpfen, dank der Beichte und der Katechese. Sie wurde zu einer Schmiede für gebildete Männer, die einer neuen Gesellschaftsordnung aufgeschlossen gegenüberstanden. Die direkte Begegnung war sein liebstes Betätigungsfeld, höchstenfalls mal eine kleine

Gruppe, ein vertrauter Kreis im Dämmerlicht der Sakristei. In Siena übersetzte er in seiner Freizeit und in der Sicherheit seiner Zelle Rousseaus »Abhandlung über den Ursprung und die Grundlagen der Ungleichheit unter den Menschen« ins Italienische, die später in Florenz gedruckt werden sollte. Anschließend wagte er sich an dessen »Träumereien des einsamen Spaziergängers«. Und als Bischof Bellini ihn nach Elba versetzte, nahm er die Aufgabe in Angriff, die berühmten »Bekenntnisse« des großen Genfer Denkers zu übertragen.

Er erinnert sich noch gut an jenen Tag. Bellini spähte von einem Fenster im Audienzsaal in den aufgewühlten Himmel. Der Bischof, der recht groß und schlank war, hielt sich kerzengerade. Seine langen, knochigen Hände deuteten auf eine vorsichtige und scharfsinnige Persönlichkeit hin, einen distanzierten, realitätsnahen Seelenhirten.

Er hatte Anselmo zu sich gerufen, weil die Gläubigen seit Monaten an dessen Beichtstuhl Schlange standen, um die Absolution zu erhalten. Vor allem Männer, aber auch junge Frauen. Und er widmete sich jedem über Gebühr lange, wodurch ein gewisser Aufruhr entstanden war. Padre Domenico hingegen verkümmerte in seinem hohen gotischen Beichtstuhl, wie ein schlafender Vogel in einem orientalischen Käfig. Er schreckte nur auf, wenn eine der Gläubigen ihm triefäugig von ihren Gewissensbissen erzählen wollte und am Gitter kratzte. Außerdem stellten die jungen Leute im Religionsunterricht vermehrt Fragen, sie erwachten aus der generationenalten Trägheit.

— Padre Anselmo, sagte der Bischof und drehte sich mit einer schnellen Bewegung um, es tut mir leid, Sie aus Ihren Beschäftigungen gerissen zu haben. Ich weiß, wie viel Sie zu tun haben.

Er deutete auf einen blau gepolsterten Samtstuhl.

— Ich hasse Umschweife und wette, Sie tun das auch. Man sagte mir …, er machte eine Pause, um die richtigen Worte zu finden, … dass Sie bei der Ausübung Ihres Amtes fremdländische Ideen verbreiten, die die gesellschaftliche Unzufriedenheit anheizen, vielleicht sogar die Rebellion. Ich spreche hier nicht von verhüllten Andeutungen, von den zweideutigen Worten von jemandem, der Sie nicht ausstehen kann, sondern von hartnäckigem Gerede, das seit Monaten immer stärker anschwillt. Baron Fragola kam vor zwei Wochen ganz aufgeregt zu mir und hat offiziell Anklage erhoben. In den letzten Tagen habe ich Informationen aus verschiedenen Quellen eingeholt, um seine Anschuldigungen zu überprüfen. Ich habe mir meine Meinung gebildet und vielleicht schon ein Urteil gefällt. Nun möchte ich Sie hören, Padre.

Zu Anselmos Überraschung sprach Bellini nicht von seinem Bischofsthron zu ihm, sondern hatte nach den ersten Worten auf einem Stuhl ihm gegenüber Platz genommen, der genau wie seiner war. Es sah aus, als warteten beide auf eine noch höhere Instanz, vielleicht einen Kardinal, doch dieser ließe auf sich warten und sie nutzten

die Zeit, um Einzelheiten des Gesprächs zu diskutieren, das sie mit diesem zu führen gedachten. Zu diesem Eindruck trug auch der Ton des Bischofs bei, der freundlich und versöhnlich war.
Damals erdachte Anselmo das, was ihm jetzt, während er in Pisa im Vorzimmer eines anderen Bischofs wegen einer noch schwerwiegenderen Angelegenheit wartet, noch nicht ganz schlüssig ist: Nämlich was er zu seiner Verteidigung sagen soll. Wie heute stand ihm auch damals nicht an, die Anschuldigungen vollends zurückzuweisen, denn damit würde er den Bischof gegen sich aufbringen. Akzeptierte er sie aber in vollem Umfang oder ohne seinerseits begründeten Widerstand, würde er wie ein verantwortungsloser Spinner dastehen und der Prälat ihm die schlimmste Strafe auferlegen. Er hatte sofort begriffen, dass die Tatenlosigkeit von Bischof Bellini angesichts der Gerüchte und die Zeit, die er sich seinen eigenen Worten nach mit einer Antwort auf die Forderungen des Barons Fragola ließ, seinen Ruf als Mann, der seine Unabhängigkeit liebt, nur bestätigten. Das war ein Trumpf, den er ausspielen konnte: seinen Kopf sanftmütig dem Baron anzubieten, würde die Position des Bischofs schwächen. Er wollte, dass der Angeklagte sich widersetzte, damit die Angelegenheit unter seiner Kontrolle blieb, hinter Messgewändern verborgen.
Nachdem er dem Prälaten für die ihm gewährte Gelegenheit zur Verteidigung gedankt hatte, sagte er daher:
— Die Anschuldigungen überraschen mich nicht, und

erst recht nicht, dass sie von Baron Fragola kommen, Euer Eminenz. Es ist nie meine Absicht gewesen, mich in die Aufgaben des Rektors meiner Pfarrei einzumischen, aber ich wollte mich besonders anstrengen, da dies hier mein erster Bestimmungsort ist. Santo Stefano, das wisst Ihr sehr gut, ist in den letzten Jahren arg heruntergekommen. Padre Domenico ist alt und müde, gerade liegt er mit Fieber im Bett. Ich will die Pfarrei auf Vordermann bringen, die trägen Gemeindemitglieder wachrütteln, die nur in die Kirche schlurfen, um Weihrauch wie Schnupftabak zu schnüffeln, und anschließend einschlafen. Und das birgt Gefahren. Meiner bescheidenen Meinung nach, Euer Eminenz, kann man den Ereignissen in der Welt gegenüber nicht blind und taub bleiben. Einige Gemeindemitglieder, die sich abgewandt hatten, sind zurückgekehrt. Und sie kommen zur Beichte, stellen Fragen, zeigen ihre Verwirrung angesichts dessen, was um sie herum geschieht, suchen Rat. Ich kann ihnen nicht mit hohlen Phrasen kommen, mit Maximen, die nichts erklären und sie nur noch mehr verwirren.

— Liegt es daran, Padre Anselmo, dass so viele Leute, sogar vom anderen Ende der Stadt, vor Ihrem Beichtstuhl Schlange stehen? Weil Sie ihnen zuhören und auf ihre Fragen antworten? Wenn Sie bemüht sind, ihre geistlichen Zweifel zu zerstreuen, haben Sie nichts zu befürchten.

— Fürchten kann ich nur die göttliche Gerechtigkeit, Euer Eminenz.

Bellini drückte entschlossen die Finger beider Hände zusammen. Er sah den Priester mit seinen klaren Augen an, ohne jede Spur von Ungeduld. Anselmo war in seinem späteren Leben nur noch wenige Male auf einen solchen Blick gestoßen, den Blick eines Mannes, der seine Rolle angenommen hat und dabei sehr wohl weiß, dass er sie nur spielt, ohne je so kleingeistig zu sein und zu glauben, es sei die einzige Rolle, die er spielen könne.
— Unsere Aufgabe ist es, die Gläubigen auf das ewige Leben vorzubereiten, sie seiner würdig zu machen, erwiderte er sehr bedächtig.
— Sehr wohl, Euer Eminenz. Ich trage stets Sorge, das nie zu vergessen. Und aus diesem Grund bin ich auch bereit, den Menschen zuzuhören. Ich bin der Ansicht, das Leben eines Mannes sollte nicht gegen seine Prinzipien verstoßen, denn dann wäre er kein redlicher Mensch mehr, sondern ein Heuchler, der den Himmel nicht verdient.
Bischof Bellini stand auf und bedeutete dem Priester, er dürfe ruhig sitzen bleiben. Er ging zu dem Fenster, aus dem er bei Anselmos Eintreffen so aufmerksam geblickt hatte. Richtung Osten, am fernen Himmel von Florenz, nahmen die Wolken nun eine kompakte Gestalt an, in intensivem Purpurrot, ein auf der toskanischen Epidermis wachsender Bluterguss.
— Ich verstehe Ihren Standpunkt, Padre Anselmo. Was nicht heißen soll, dass ich Ihre Taten gutheiße. Während anderswo Ungewissheit und Verwirrung, ja Terror herr-

schen, halten sich die Dinge hier noch immer so, wie sie waren. Es dürfen nicht wir sein, die die Bahn freigeben.

Der Prälat machte ein paar nachdenkliche Schritte durch den Saal, schaute zur Decke und den Blumenornamenten an den Rändern. Er wanderte einmal um den schweren Thron, den er während des ganzen Gesprächs gemieden hatte, und ließ sich darauf nieder. Seine Bewegungen hatten die mühelose Leichtigkeit eines erfahrenen Schauspielers, der nach vielen Aufführungen das Geheimnis der Spontaneität besitzt.

26

Das behutsame Klopfen an der Tür seines Schlafzimmers schreckt ihn aus dem Schlaf. Bonaparte setzt sich ruckartig auf, genau wie damals in seinem Zelt, wenn er auf irgendeinem Schlachtfeld schlief. Es überrascht ihn auch, nicht angekleidet zu sein, wie auf dem Schlachtfeld.
— Eine Depesche aus Wien, Majestät.
— Aus Wien?
Sicher eine dringende Nachricht. Er hat angeordnet, dass Depeschen aus Wien immer mit Vorrang zu behandeln sind und er unverzüglich benachrichtigt werden soll. Erst vor knapp einer Stunde hatte er endlich in den Schlaf gefunden, vielleicht dank des Samenergusses im Innenhof.
Bonaparte, im Nachthemd aus rohem Leinen, bricht den Siegellack auf und liest auf einem losen Bogen:

> Nachstehend beigefügt eine verschlüsselte Botschaft für den Kaiser.

Kauderwelsch. Er wird Stunden brauchen, um das zu entschlüsseln. Und er hat den Code lange nicht benutzt. Die letzten Nachrichten aus Wien waren normalerweise auf Französisch und nicht sonderlich bedeutsam. Außerdem ist er müde. Und wenn es doch etwas Wichtiges ist? Eine nennenswerte Unterstützung, die ihm als Sprungbrett dienen könnte, um aus diesem Hühnerstall herauszukommen, warum nicht. Wer diese Wiener Nachrichten zu entschlüsseln versteht, ist Berthier, aber der ist gerade in Marseille und kommt nicht vor Dienstag zurück.
Er entlässt den Kapitän. Was soll er tun? Er reibt sich das Gesicht mit kaltem Wasser ab. Kleidet sich in Windeseile an. Auf dem Schreibtisch die Bücher über Imkerei, so wie er sie am Vorabend hat liegen lassen. Er schiebt sie rasch beiseite. Dann erinnert er sich, dass er in wenigen Stunden auf dem Hof von Pasolini erwartet wird.
Er vertieft sich in den ersten Abschnitt der Botschaft. Er weiß, man gewinnt Zeit, indem man zuerst die allgemeine Bedeutung kleiner Fragmente sucht. Am besten macht man sich gleich zu Beginn an die Ziffern, die sich am häufigsten wiederholen, und die vereinzelten lässt man für den Schluss. Nach einer Weile, die ihm lang vorkommt, hat sein benebelter Kopf die Bedeutung des ersten langen Satzes nur halb herausbekommen können, er ist typisch wienerisch, dumm:

Anordnungen von Prinzessin Blau … für Seine Majestät die … Überlegungen … gut daran tun

… gesammelter Rückzug von der Insel …
wohltuende Meerbäder … zur rechten Zeit …
übermäßig hitzige Bewegungen … Wien …
hinterlistige, unbewegliche Wolke …

Die erhabene Idiotie der österreichischen Beamten. Wer zum Teufel ist diese Prinzessin Blau? Ob es etwas mit dem Zar zu tun hat? Oder geht es um eine dieser polnischen Aristokratinnen, die von einer Prinzessin so viel haben wie er von einem Kardinal? Es könnte die typische, zur Ablenkung gedachte Formel sein, wie sie früher in allen chiffrierten Botschaften verwendet wurde, um das Interesse möglicher unerwünschter Empfänger erlahmen zu lassen, indem man sie glauben macht, es handele sich um einen Liebesbrief und nicht um eine *affaire d'État*.

Bonaparte gähnt. Die Existenz so vieler Idioten – nicht nur in Österreich – weckt in ihm die Lust, wirklich abzudanken, die taktische Abdankung von Fontainebleau endgültig zu vollziehen. Er gähnt wieder, schließt die Augen. Merkwürdig, früher verlieh die allgegenwärtige Dummheit ihm Flügel, wirkte auf eine Weise, dass er sich noch höher als auf seiner ohnehin fabelhaften Höhe fühlte, als hätte er Luchsaugen im Reich der blind Geborenen. Er sollte sein gesamtes Gefolge entlassen, Soldateska und Parasiten, die ihm nach Elba gefolgt waren, und nur ein halbes Dutzend Diener behalten. Marcel natürlich, in der Küche, und ansonsten ausgewählte

Frauen. Alle Bänder zu blauen Prinzessinnen durchschneiden, den Kontinent im Chaos versinken lassen, sollen die Engländer doch in ihrer eigenen grässlichen Sauce aus saurem Wein und Gewürzen schmoren. Er sollte anfangen, Streitschriften zu schreiben und Bienen zu züchten.

Er würde mit einer wütenden *Rede über die Dummheit der Menschen* beginnen. Danach etwas Prophetisches (»Europa« müsste er sich beschaffen, das Gedicht von diesem Blake, von dem Campbell ihm neulich erzählt hat), vielleicht eine *Abhandlung über den Selbstmord der Nationen*, mit einem Anhang, dem er in etwa den Titel *Handbuch der Gemeinplätze für den nationalen Idioten* geben könnte. Besonders subtile Ironie würde er auf seine *Streitschrift für Opium und gegen Jungfrauen* verwenden. Und schließlich das Werk, dem seine größten Anstrengungen gälten, die Perle seiner Inspiration: *Sechs Vorschläge für die Macht der Bienen und eine honigsüße Hymne.*

Plötzlich durchfährt ihn heiß eine Helligkeit, wie eine von der Decke stürzende Sonne. Der Einschlag des Lichts lässt Bonaparte erstarren. Ihm dreht sich der Kopf, die Ideen stecken in seinem Hirn fest, wie einfachste Worte im Mund eines Stotterers. Und dann, während das Licht schwächer und die Hitze milder wird, beginnt die Erde unter seinen Füßen zu beben. Bonaparte klammert sich an seinem englischen Schreibtisch fest. Er kann sich nicht bewegen, nicht um Hilfe rufen, nicht länger der sein, der er zu sein meint, N. Auf dem Höhepunkt des Bebens – ihm ist, als sei schon eine Ewigkeit vergangen –, kommt eine riesige Hand und hebt ihn hoch, mitsamt Schreibtisch und allem Drum und Dran, als wollte sie ihn der unmittelbar bevorstehenden Zerstörung entziehen. Bonaparte bricht auf dem Boden des Universums zusammen und bleibt auf dem Rücken liegen, durchzuckt von einem unwiderstehlichen Tanz.

27

Unter dem Baldachin eines Himmelbetts schlägt er die Augen auf. Er ist bekleidet mit einer weißen *culotte*, seinem grünen Gehrock mit den goldenen Knöpfen, hat sogar Stiefel an. Seine rechte Hand steckt halb verborgen unter dem linken Revers des grünen Rocks, der Daumen ragt hochmütig heraus. Sein Körper kommt ihm so angeschwollen vor, als würde der Brustkorb jeden Moment die Knöpfe des Gehrocks sprengen. In seinem Kopf jagen sich widersprüchliche Gedanken. Er verspürt drängende Ungeduld, Dinge zu tun und dafür zu sorgen, dass Dinge getan werden, dass die Ereignisse seinem Diktat folgen, und zwar jetzt, sofort. Die Zeit soll innehalten, oder genau andersherum, sie soll sich auf nie erlebte Weise beschleunigen. Zugleich sendet ihm eine andere, still in ihm gärende Unruhe Botschaften aus fernen Ländern, die ihn verwirren und beunruhigen.

Um ihn herum Gesichter, die ihm fremd erscheinen. Doch schaut er genauer hin, schärft den Blick, dann stellt er fest, dass sie ihm sehr wohl bekannt sind. Das da ist Ber-

trand, der andere dort Drouot, und der weiter hinten ist Marchand.
Er versucht sich aufzurichten, aber seine Glieder gehorchen ihm nicht so, wie sie sollten. Er hat das Gefühl, gegen die Nachwirkungen eines heftigen Rausches anzukämpfen – er, der nie betrunken gewesen ist, was auch immer seine Feinde erzählen mögen.
— Ihr müsst jetzt ausruhen. Doktor Hubert drückt sanft auf die kaiserliche Schulter.
— Nicht im Traum, hört er sich mit schriller, gebieterischer Stimme sagen, einer Stimme, die seine eigene sein muss, mit dem Akzent eines belesenen Korsen.
Diese Stimme hält alle im Zaum. Sie erteilt klare, unumstößliche Befehle. Etwas über eine Depesche aus Wien, von Prinzessin Blau, verschlüsselt. Ja, sie muss aus Russland kommen. Er hört sie sagen, jemand sei gerade mit der Entschlüsselung der Depesche beschäftigt, wenn es momentan auch so aussieht, als ginge es nicht um Leben und Tod. Anschließend hört er von Pasolini sprechen, als wäre der ein anderer, nicht er. Ja, sie erzählen ihm, man habe sich gekümmert, um den Imker aus Capoliveri.
— Wann möchte Eure Majestät die Bienenstöcke besuchen?
— Was soll die Frage, wann schon! Sobald wie möglich, es gilt keine Zeit zu verlieren. Ihr schlaft ja alle!
Ihm gefällt, wenn sie schuldbewusst verstummen, wie Schuljungen, die ihre Hausaufgaben nicht gemacht haben.

Bertrand spricht:
— Eure Majestät, mit Verlaub, es ist jetzt zwei Uhr nachmittags. Die Hitze draußen ist erdrückend. Ich habe mir erlaubt, den Besuch auf morgen zu verschieben …
— Morgen! Morgen kann die Welt untergegangen sein. Warum hat man mich nicht um fünf Uhr früh geweckt?
Nichts ist selbstverständlicher als diese rhetorische Frage, aber die Antwort liegt doch auf der Hand, klar und durchscheinend wie das Licht von Elba. Er mag die Mehrdeutigkeit noch immer. Er mag es noch immer, wenn man ihm aus Feingefühl Dinge verheimlicht, die allgemein – und ihm selber auch – bekannt sind.
Die Erde bebt erneut, doch die anderen scheinen es nicht zu merken. Hubert nähert sich mit einer Kanüle in der Hand.
Als das Beben vorüber ist, sind sie ihm behilflich, sich im Bett aufzusetzen. Sobald er, noch etwas unsicher, auf eigenen Füßen steht, wirft er den drei Ärzten, die im Gleichtakt missbilligend die Köpfe schütteln, einen verächtlichen Blick zu. Drouot setzt zum Reden an, doch er hält ihn mit einer Handbewegung zurück.
Schon reitet er auf die Bienenstöcke zu. Er kennt den Weg gut, zuerst geht es bergab, dann wieder hinauf. Wann hört einer auf, er selbst zu sein, und wird ein anderer?

28

Pasolini ist nicht mehr er selbst, er ist ein anderer geworden. Der Kapitän der *Lamarck* findet den Imker schlafend im Frachtraum seines Schiffs, halb verborgen zwischen den Warenballen. Er stinkt nach Grappa, fast als hätte er darin gebadet. Sein Puls ist kaum noch zu spüren. Sein Atem trübt den Spiegel, den der Kapitän ihm dicht vor die Lippen hält.

— Bringt ihn an Deck, damit er Luft kriegt, oder er stirbt uns hier in der Bilge noch.

Kam er kraft seiner eigenen Beine, wenn auch unwillentlich, hierher, unter dem Diktat des Alkohols? Es scheint unglaublich, dass ein Mann, der auf Schütteln und Rütteln nicht reagiert, der, selbst nachdem ein Matrose ihm einen Eimer Meerwasser ins Gesicht geschüttet hat, noch immer kein Lebenszeichen von sich gibt, es geschafft haben soll, die dreieinhalb Meter über den Laufsteg vom Kai bis ins Heck des Schiffes zurückzulegen. Außerdem noch der Schwerkraft entgegen.

Sie segeln mit Kurs Südsüdost. Die Küste der italienischen Halbinsel erscheint auf Höhe von Santa Marinella wie ein feiner brauner Streifen, der immer weiter in die Ferne rückt. Elba ist schon über einen halben Tag lang außer Sicht.

Der Kapitän ruft nach dem Barbier, der auch als Quacksalber Dienste tut. Ein gepflegter, gut rasierter Mann kommt mit einem kleinen Holzkästchen voller Fläschchen. Er wählt eines aus. Entfernt den Glaspfropfen, und an Deck verbreitet sich starker Ammoniakgeruch. Zwei Seemänner müssen niesen. Pasolini zuckt zusammen, reißt eine Sekunde lang die Augen auf und sackt dann wieder schlaff zusammen wie eine Marionette ohne Fäden.

— Ich muss ihn zur Ader lassen, sagt der Barbier. Sein Blut ist voller Alkohol.

— Bist du sicher, dass ihn das nicht vollends umbringen wird?

— Nur ein bisschen, damit das Blut besser fließt. Anschließend gebe ich ihm Heilkräuter und viel heißes Wasser, das reinigt den Magen und die Innereien.

— Verschwende kein Wasser. Bis Rhodos ist es noch weit.

Sie tragen Pasolini nach unten in die Barbierstube, das behelfsmäßige Krankenzimmer. Das Innere der *Lamarck* ist geräumig, an der breitesten Stelle sechs gut genutzte Meter.

Sie ziehen ihn aus. Der Kapitän durchsucht die Innentaschen des grauen Gehrocks des Imkers. Er hat noch nicht

entschieden, was er mit ihm machen wird. Als der Mann ihn am Vortag bat, ihn als Passagier mit an Bord zu nehmen, hatte er ihm eine absurde Summe genannt. Und der andere hatte nicht gefeilscht. Er sagte, er werde mit dem Geld wiederkommen. Natürlich hatte er das für unmöglich gehalten und ihn gleich wieder vergessen. Er hatte wirklich keinen Platz mehr frei, denn in Rhodos würden sie einen Marineoffizier im Ruhestand an Bord nehmen, der nach Cochin wollte.
Der Wind steht günstig, und wie es aussieht, wird das auch für den Rest des Tages und am nächsten Tag so bleiben. Wenn sie jetzt zu einem italienischen Hafen abdrehten und den blinden Passagier von Bord schickten, würde sie das mit Sicherheit einen Tag kosten. Etwas anderes wäre es, wenn er mit einer Alkoholvergiftung ins Koma fiele. Doch er vertraut auf François, den Barbier, mehr als auf alle Wundärzte, die er im Laufe seines Lebens auf dem Meer kennengelernt hat.
Ihm war klar gewesen, dass der Mann wegen irgendetwas in Aufruhr und verzweifelt war. Er hatte ihm in einem mehr als annehmbaren, wenn auch angestaubten Französisch eine Kurzfassung seines Lebens geliefert. Ein Bienenzüchter und Familienvater. Da er nicht nachgab und weiterhin behauptete, sein Schiff sei kein Passagier-, sondern ein Frachtschiff, packte der andere ihn irgendwann am Arm und sagte eindringlich:
— Ich bitte Sie. Ich kann kochen, das Deck wischen. Das Bordbuch führen. Was auch immer Sie mir auftragen.

Ich muss die Insel sofort verlassen. Elba ist nicht groß genug für uns beide, den Kaiser und mich.
Einige wenige Münzen. Entweder hatte er das Geld nicht aufgetrieben, oder er war den ganzen Abend in der Taverne geblieben. Mehrere gefaltete Papierbögen. Ein Brief. Das ist der Inhalt seiner Taschen. Der Kapitän geht an Deck. Der Wind bläst jetzt stärker und kommt fast von achtern. Sie haben das Segel voll gesetzt, werden mit etwa vierzehn Knoten unterwegs sein. Das Meer kräuselt sich. Er überprüft mit dem Steuermann den Kurs und geht in seine Kajüte. Dort faltet er die Bögen auseinander, die er in Pasolinis Gehrock gefunden hat. Der Brief sieht aus wie in der Taverne geschrieben, riecht ebenfalls nach Grappa, und manche Schriftzüge sind verwischt. Der Kapitän beginnt mit wachsendem Erstaunen zu lesen:

> Monsieur Bonaparte,
> ich habe beschlossen, mich von Ihnen zu befreien. Da ich kein Mörder bin, gehe ich und überlasse Ihnen die Insel. Ich hinterlasse Ihnen auch meine Bienen. Ich vertraue darauf, dass Sie gut für sie sorgen werden, und dass sie Ihnen einige neue Dinge beibringen werden. Die Bienenkarten der kaiserlichen Schlachten finden Sie im Keller. Der Schlüssel liegt unter einem Stein am Fuß des Feigenbaums. Montmirail und Austerlitz werden sich Ihnen nun in einem neuen Licht zeigen.

Was mich anbelangt, ist die Verschwörung zu Ende. Ich klage mich an, an einem bonapartistischen Komplott teilgenommen zu haben, von dem ich zu diesem Zeitpunkt schon nicht mehr sagen kann, ob es für oder gegen Sie gerichtet ist. Alles verändert sich dieser Tage so rasend schnell! Und bleibt zugleich immer dasselbe: dieselben Bienen, dieselben Völker, die immer gleichen Palastintrigen, der Überdruss und das Meer. Wem soll man sich anvertrauen, bei was Zuflucht suchen?
Ich war ein Tagelöhner, der Ihnen einen neuen Weg zeigen sollte. Ich bin davongelaufen. Trotzdem werde ich durch diesen Brief einen Teil meiner Pflicht erfüllen. Wie so viele andere, Tausende auf der ganzen Welt, war ich mehr als zwei Jahrzehnte lang von Ihren, des Kaisers Heldentaten fasziniert. Ich habe sie zu meinen eigenen gemacht, bin vollständig in ihnen aufgegangen. Genau wie bei meinen Bienen. Eines Tages sah ich, dass beides ein- und dasselbe war. Ich erkannte Ihren Geist in einem Schwarm, der am Ast einer Eiche hing. Und ich drang in ihn ein und wurde Sie.
Wie gern hätte ich Sie vor der Gefahr gewarnt, die Sie in Russland und später in Fontainebleau erwartete! Ich zog die Waben voller Bienen heraus, und das ohrenbetäubende Sum-

men erzählte mir von N. Jetzt gerade träumen Sie davon, nach Paris heimzukehren, Wien zu kontrollieren, die Habsburger zurückzugewinnen, Ihre Gegner zu besiegen (diese verteufelte Insel) und den Undankbaren, die Sie an den Bourbonen verkauft haben, eine Lektion zu erteilen. Sie träumen davon, das Herz der Franzosen neuerlich zu entflammen, etwas auf den Grundfesten der Revolution aufzubauen. Sie träumen von einer Chimäre.
Doch wenn Sie Macht über die Bienen hätten, könnten Sie Ihre Rückkehr mit größerer Sicherheit angehen. Wenn Sie die Schwärme von Elba orchestrieren könnten, wäre der Erfolg möglich. Welch bessere Bestimmung gibt es also nun, als das Römische Reich von seiner Wiege aus wieder neu zu errichten! Italien unter dem kaiserlichen Siegel der Biene zu vereinen!
Ich weiß, dass die Berichte von Ihren Agenten aus Paris Anlass zur Hoffnung geben. Und es mag sein, dass sie das in den kommenden Monaten noch mehr tun, wenn die Königsfamilien auf dem lächerlichen Kongress von Wien sich weiterhin selbst vernichten, wie selbstmörderische Königinnen. Fontainebleau rückgängig machen, das ist unmöglich.

Ziehen Sie die Alternative in Betracht, die Italien Ihnen anbietet. Jetzt haben Sie die Bienen, einen Bernsteinpalast voller Königinnen, die zum Wohl ihrer Spezies zu allem bereit sind. Sie wissen ja, unsere Königinnen sind die besten der Welt, die italienische Rasse ist die widerstandsfähigste und fruchtbarste Europas. Sie können sie nach eigenem Gutdünken bewegen. Ich rate Ihnen, sie nach Livorno zu bringen und ein Drittel in Bologna zu lassen. Von dort würden wir in den Norden kommen und Turin und Triest besetzen, und so die Cisalpinische Republik wieder ins Leben rufen. Anschließend werden wir in Neapel stark werden, von wo aus wir unsere Königinnen zur Eroberung Roms schicken, diesmal vom Süden aus.
Rom werden wir, falls nötig, neu erbauen. Genau so, wie die Stockbienen das Bienenhaus säubern und die Ausscheidungen der Drohnen vernichten, werden wir das Antlitz Roms vom Kirchenstaat säubern, von der verdorbenen Korruption des Vatikans. Daraufhin werden wir den Rest des Schwarms nach Palermo schicken. Wenn die Kriegsflotte von Sizilien erst einmal wieder hergestellt ist, würden wir Malta einnehmen und wären bald bis in den letzten Winkel des

Mittelmeers, von Gibraltar bis zum Bosporus, zum Kampf bereit.
Was ist dann zu tun, nachdem die Große Republik Italien einmal errichtet ist; nachdem Grenzen aufgehoben, Herzog- und Fürstentümer, zwieträchtige Republiken ausgemerzt sind, nachdem eine Verfassung verabschiedet und die Kanzlerämter modernisiert, neue Zivil- und Strafgesetzbücher erlassen worden, die wichtigsten Städte und Märkte miteinander verbunden, die Wirtschaft durch Spezialisierung und Arbeit im großen Maßstab angekurbelt sind, genau wie bei den Bienen?
Das wissen Sie besser als ich. Wenn man die italienische Halbinsel dank dem praktischen Sinn und dem Gemeinschaftsgeist der Bienen einen kann, warum dann nicht auch den Rest Europas?
Denken Sie an das Experiment von Nordamerika, über das ich im Bericht von Eugène Lucet gelesen habe, eine schöne Lobesrede, die Leuten wie Talleyrand überhaupt nichts bringt. Dort gibt es eine nützliche Klasse ohne Minderwertigkeitskomplexe, einen von der britischen Habsucht befreiten Handel, freie Bewegung der Menschen, eine natürliche Mischung.

Die Bienen laben sich an Nektar und Pollen auf einer überschaubaren Fläche, genauso wie die Menschen. Sie leben und sterben durch und für die Gemeinschaft, nicht für die Königin. Fliehen sie etwa nicht hordenweise aus der vollkommenen Stadt, um aus dem Nichts eine weitere zu gründen, weit weg von der, die sie urplötzlich verlassen haben? In ihrer Entwurzelung liegt Klugheit, Gewissheit. In der Welt der Bienen durchdringt das ehrgeizige Bemühen um die Zukunft ihrer Art einfach alles.

29

Bonaparte steigt vom Pferd ab und blickt sich um. Die Gegend kommt ihm vertraut vor, obwohl er noch nie hier gewesen ist. Der Kiesweg, gesäumt von zwei Reihen ungleich großer, staubbedeckter Zypressen. Ganz hinten, jenseits der Gebäude, erhebt sich eine große Anhäufung grauer Felsbrocken, darauf sprießt wie durch Weiterentwicklung des Felsens selbst ein einzigartiges Bauwerk, bar jeder Symmetrie. Von einem Flachdach aus schickt die vom Wind bewegte Wäsche an der Leine Grüße ohne festen Takt. Auf der anderen Seite endet die sanfte Abfolge der felsigen Terrassen am Rand des Abgrunds. Dahinter erstreckt sich das Tal, in rechteckige Flächen aufgeteilt, verschiedene Grüntöne, Ocker und Dunkelrot, und dann das Meer.

Da wird er des betäubenden, allgegenwärtigen Summens gewahr, das er beim Absteigen zunächst für das Sirren der Stille gehalten hat. Die Bienen sind nicht zu sehen. Er bemerkt die grauen Kästen, einige mit Resten von blauer oder weißer Farbe. Sie stehen auf den schmalen Terras-

sen, sind in die Felsspalten eingepasst. Bonaparte geht darauf zu, die Kieselsteine knirschen unter seinen Stiefeln. Dutzende von Beuten mit schützenden Satteldächern sind an der Felswand befestigt. Durch ein rundes Loch fliegen die Bienen in Scharen ein und aus, ohne sich gegenseitig zu behindern. Die Nachmittagshitze bremst ihr geschäftiges Treiben nicht.
Bonaparte nimmt den Hut ab und nähert sein Gesicht einem der Bienenhäuser. Die schon tief stehende Sonne erlaubt ihm einen Blick ins Innere. Wahre Panik scheint die Bewegungen der Jungbienen anzutreiben, wie die Bewohner einer belagerten Zitadelle kurz vor dem Angriff.
Was zwingt sie, bis zum Umfallen zu arbeiten? Warum ruhen sie sich nie aus? Von wem bekommen sie die Befehle?
Dort drinnen, in den Zwischenräumen der Waben, sieht er wie in einer *Camera obscura* all seine Schlachten vorüberziehen: Austerlitz, Eckmühl, Essling, Eylau, Friedland, Jena. Lützen, Montmirail, Marengo, die Moskava, Smolensk, Ulm. Er sieht auch die letzte, die womöglich nie geschehen wird, wenn … Die Bienen erinnern ihn, er weiß nicht warum, an seine Mamelucken vom Nil.
Dann sieht er durch das Flugloch eine Biene herausfliegen, die viel größer als die anderen ist. Fast drei Mal so groß wie eine Arbeiterin. Hinter ihr nimmt ein zahlreiches Gefolge eilig die Verfolgung auf. Eine Nachzüglerin fällt zu Fuße des Bienenstocks, als wäre sie verletzt. Er

hebt sie mit Daumen und Zeigefinger hoch, setzt sie sich auf die Hand und pustet, um sie zum Fliegen zu bewegen. Als sie nach vorn losschießt, dem Schweif ihrer Gefährtinnen zu folgen, ist sie gleichsam in Gold getaucht. Bonaparte steigt auf seinen Rotfuchs. Er gibt ihm die Sporen und stürzt im Galopp aufs Tal zu.

Die Veröffentlichung dieses Buches wurde unterstützt
durch die Regionalregierung der Balearischen Inseln und
das Institut d'Estudis Baleàrics

GOIB CONSELLERIA PRESIDÈNCIA, CULTURA I IGUALTAT

institut d'estudis baleàrics

Deutsche Erstausgabe

Originaltitel: *El apicultor de Bonaparte*,
José Luis de Juan Clar

Aus dem Spanischen von Silke Kleemann
Lektorat: Monika Lustig

Umschlagmotiv des Reihenlayouts:
Gabriele Scattu (Wachskreide auf Papier)
Gesetzt aus der Centennial und der Balance
Reihenlayout, Satz und Herstellungsbetreuung: Fagott, Ffm
Druck und Bindung: Beltz Grafische Betriebe, Bad Langensalza

ISBN: 978-3-9819763-2-8